阅美文

一树繁花一亩宫

林四海 著

西苑出版社

图书在版编目（CIP）数据

一树繁花一亩宫 / 林四海著 . —北京：西苑出版社，2018.11

ISBN 978-7-5151-0703-5

Ⅰ. ①一… Ⅱ. ①林… Ⅲ. ①散文集－中国－当代 Ⅳ. ① I267

中国版本图书馆 CIP 数据核字 (2018) 第 254551 号

一树繁花一亩宫

YI SHU FANHUA YI MU GONG

出 品 人　赵　晖
责任编辑　陶永学　汪昊宇
特约策划　凌　翔
责任印刷　陈爱华　严令升
责任校对　刘娟娟
封面设计　戴　敏
出版发行　西苑出版社 XIYUAN PUBLISHING HOUSE
通讯地址　北京市朝阳区和平街 11 区 37 号楼　邮政编码：100013
电　　话　010-88636419　传真：010-84281520
　　　　　E-mail：xiyuanpub@163.com
印　　刷　三河市金元印装有限公司
经　　销　全国新华书店
开　　本　710mm × 1000mm　1/16
字　　数　160 千字
印　　张　13
版　　次　2019 年 1 月第 1 版
印　　次　2019 年 1 月第 1 次印刷
书　　号　ISBN 978-7-5151-0703-5
定　　价　49.80 元

目 录

第三辑　风情永远

第四辑　彼岸花开

第五辑　大地行吟

第六辑　温情似海

第七辑　诗意家乡

第一辑　守望麦田

荷叶田田

一袭开水冲下去，裁剪得细长细长的新鲜荷叶，顿时就舒展开碧绿的身姿，在茶盏中上下翻腾起来。氤氲的水汽好似童话中圣洁的舞台，而细碎的荷叶就是这舞台中央的演员，婀娜起舞、袅袅而动、挥洒自如，像极了敦煌壁画上的飞天，透明的水色很快就被叶茎上四溢的绿色渲染满了。

荷叶是新采摘的。当那个满脸略带羞涩的小女孩子把这两片略带湿意的荷叶轻放到我手中的时候，我的内心是暖暖的，就如同眼前的这盏茶一般香气缭绕。感动的不仅是此，孩子还说了一句：这荷叶是奶奶中午刚到荷塘里采摘的。

那一瞬间，我的内心被这句话撞击得无可躲藏。我几乎感动得要落下泪来：这世间，有些礼物价格很低廉，价值却无可比拟，因为有特别的情愫倾注在其中。尤其是与孩子们相处的过程中，总会在不经意间收到他们的一些礼物：手工的贺卡，做得毛毛糙糙的，字也写得歪歪扭扭，但就能让你感动许久；还有给我送各种小动物造型贴花贴纸的；甚至家里烤箱做的蛋糕、蛋挞，也会惦记着小心翼翼地包上一两块，举着小手送到你面前，那是该有多温馨呢？

前些日子，我也只是无意中说起食用荷叶的好处，特别是夏天的荷叶可以消暑祛湿。说者无心，听者有意，未曾想这孩子就默默地记在了心间。女孩子终究是有些怕水的，我却能想象到她撒娇地缠着奶奶要去荷塘边采荷叶的情景。不知怎的，脑海中忽然就出现了《西洲曲》里的句子："采莲南塘秋，莲花过人头。低头弄莲子，莲子清如水。"孩子的奶奶去采荷叶时，那满塘的莲花也该是过人头的吧？

荷叶迢迢。范公堤将家乡一分为二：西处里下河腹部地区，水质恬淡，河鲜密布，极为适宜莲荷、菱角的生长；东临沧海，汤汤流水略显苦咸，虽然海鲜林立，不过并不多见荷花这样的水生植物。我的家就在范公堤的东部，但这丝毫没有影响我骨子里对荷花的那种挚爱，不单是爱它的清廉，还有它那诗意般的内蕴。

池塘里没有办法生长出莲藕，但喜欢诗意生活的人总有办法。在屋檐下的一口水缸里，淘上半缸的淤泥，置入一两段白白胖胖的藕节，再注满水，然后就是充盈着希望的等待。一天，两天，屋檐上的雨将缸里的水一遍又一遍地溢满再溢满，四五月份的时候，让人惊喜的绿意就会慢慢从乌黑油亮的缸底升腾起来。先是一株株笔直的茎秆，然后就是点点滴滴拇指大小的叶片漂浮在水面，随着太阳温度的升高，叶片会在日子的消逝中慢慢膨胀开来，甚至被茎秆顶得离开了缸的水面，甚至你不知道什么时候，也许就是在一夜之间，不大的水缸上面已经是密密匝匝的荷叶了。

绿意的荷叶每天都会给单调的生活带来惊喜：粉色、蕊黄、大红、洁白的荷花不知道什么时候就从含苞待放变成了肆意绽开。就在你还惊诧着它的艳丽之时，一面摇摇摆摆的莲蓬就已经出来了，那细密紧挨着的莲子躲在厚厚的蓬肉里，摇一摇就像调皮的孩子一般，有铃铛的声音发出来，笑碎了一夏的光阴。

许多人都知道采摘莲蓬、淘洗莲藕是一件特别辛苦的事情。莲蓬茎秆坚硬，采摘的人几乎要趴在小船上靠近了，才能用剪刀将其一株一株地剪摘；而莲藕更是深秋季节凭着脚踩手挖，才可以获得。事实上，采摘荷叶也并不是一件轻松的事儿。荷叶是可以入药的。中医学认为，荷叶味苦性平，归肝、脾、胃经，有清暑化湿、升发清阳、凉血止血等功效。荷叶的采摘是有讲究的，尤其是采摘食用的荷叶，太嫩了没有药效，太老了又苦涩难以入喉，最好是午间的时光，撑一叶小舟于无边的水面上，寻找那种正面碧绿、反面略带露白的叶子。最难的莫过于要避开每根茎秆上密密麻麻、毛茸茸的小刺，一株莲花上也就只能采得两三片叶子是有用的。

新鲜的荷叶清洗过后，可以剁碎了作为熬粥的伴侣。说来也是，那原本毫无生气的荷叶，一旦切碎、经过米汁高温的浸润之后，瞬间会变得充满了薄荷的清香，倘若再加上糯糯的莲子、肥硕的扁豆和蜜汁的桂花，一锅粥已经不是那么简单的一种食物，每一种食材都在刹那充满了灵性。在炎炎的夏日，喝一碗下去，不仅是消暑那样的惬意，更有心与自然的交融。当然，荷叶也可以晒干了以后用来泡茶、泡酒、煮食。《射雕英雄传》里有一种美食“叫花鸡”，就是将洗净的草鸡用整张荷叶包裹起来，再在外面涂上厚厚的一层泥土，放在篝火上烤制，“洪七公”百吃不厌，可见荷叶佐香的奇妙。

我没有吃过“叫花鸡”，更不会将孩子送来的整张荷叶用来做它，甚至，用来熬粥我都觉得是一种奢侈。我将已经被抹去了茸毛的荷叶，用剪刀破解得细碎，只用它来泡茶。茶色绿意盎然又微带淡黄，低头轻嗅，清清的荷香好似从远古走来一般的缥缈、淡雅，甚至带着一缕经典的韵味，颇有一番“江南可采莲，莲叶何田田”的意境。

荷叶田田，这该是一个怎样壮阔的场景！这世间也许有莲花若干种，而我对荷叶情有独钟，尤其是此时此景的荷叶。对，这个时候，它就满满地铺开在我的心里，伴随着无边无际的感动。

屋檐上的雨

梅雨季节来临的时候，我正站在老家的屋檐下，看着漫天的绵绵细雨在修葺一新的屋顶上由雨幕变成水滴，然后再在瓦缝上汇聚成细流，顺着瓦槽“滴答滴答”地淌下来。在这个雾霭沉沉的季节里，原本一望无垠、极目天阔的长江中下游平原，也被四处弥漫的烟雨浸染得像一幅水墨画，天地一线间都是朦胧的青黛色。

六月初，父亲执意要将已经废弃的老屋屋顶重新翻盖一下。我知道，并不是因为没有地方住，老屋已经废弃多年不住人了。父亲要修老屋，是出自内心深处对老屋的感情，在父亲的心里，老屋如同他疼爱的子女一样，让他在村子中感到无比骄傲。

老屋建于二十世纪七十年代末，一例的青砖青瓦，屋顶的两侧还架着翘角的飞檐。制作砖瓦的黏土，是父亲从西乡摇着小船买回来的，然后用模具制成一块块、一片片的，花费两个多月的时间在村里老窑的场地上慢慢制陶，再经过数十天的风干，又亲自掌火在老窑上烧了七七四十九天。除了一垛小山一样的麦堆被烧得精光，其间还有数十次从大河里人工担水浇水冷却。父亲将近一年左右的时间都泡在村里的老窑上，最终烧得了一窑上好质量的青砖青瓦。从窑厂回来后，作为知青下放的父亲整整休息了三个月才回过神来。奶奶说，作为长房的父亲从来没有吃过这样的苦头。后来母亲告诉我，父亲之所以下定决心要建造房子，是因为每天看着母亲带着我们哥俩蜷缩在大队知青点的草屋中就觉得很心酸。

光有砖头和瓦还是不行的。父亲终于到了乡上的一个部门上班，看着门前的青砖青瓦在风吹日晒中逐渐地泛起了青苔，他按捺不住了，要开始动工砌屋。砌屋过程的艰辛，没有参与其中的人是万万不能体会的。在盘点了家中所有的积蓄之后，除去能勉强支付工匠的工钱之外，已经所剩无几，而一天三顿的伙食是肯定不能少的，尤其是那些有头有脸面有技术的工匠，在吃喝上很讲究。建房子是大事，用父亲的话说，就是不能克扣匠人的饭食，不然建房的过程中匠人会做不吉利的手脚，那就得不偿失了。在请到村里最好的瓦匠放好了地基之后，母亲每天烧煮三顿饭供应匠人，父亲则请假回来承担起了做小工的全部力气活。除了要将准备好的泥灰一担一担地送到脚手架上，父亲还要将所有的青砖全部用水浸泡一遍才可以交到瓦匠的手上抹灰。吸足了水分的青砖不仅变得格外沉重，也特别磨手，半天下来父亲的十个指头几乎全部溃烂。后来母亲用破旧的衣服改制了几双厚手套，才稍微好了一些。

上梁的那一天，天也是下着雨的。父亲说上梁下雨是最吉祥的。“雨”与“余”谐音，意味着年年有余。依旧记得在屋前泥泞的场地上，刚学会走路的我怀抱着一片青瓦，跟在满头大汗的父亲后面摇摇摆摆，将瓦运送给蹲在屋檐边的工匠，请他覆盖在屋顶上。由于身穿破旧的上衣，竟然将肚皮上的皮都蹭掉了。房子竣工那一天，父亲没有请客，而是将请客的钱省下来买了几挂鞭炮，在还没有装门窗的屋前炸了许久。第一次看见父亲流泪就是在那四溅的鞭炮纸屑和腾腾升起的烟雾中，外面依旧是淅沥的小雨，父亲一下子就放声大哭起来，泪水和着雨水从父亲黑瘦的脸颊上淌下来，年幼的我听不出来那是悲伤还是喜悦的哭泣。不过，我知道，我家新建的房子成了村里最亮丽的风景，矗立在村西头：一色的青砖青瓦、屋梁两头高翘的飞檐似乎就是父亲那不屈的性格。

哥哥和我在这样的屋檐下，就像飞来做窝的燕子一般。一年四季的雨下个不停，在屋檐淌下的雨水中，一拨又一拨的雏燕在孵化了之后一只一只地飞了出去，只剩下日渐苍老的父亲和母亲，还有那渐渐失去了亮丽色彩的老屋。再后来，在老屋的旁边翻建了一座更加亮堂的房子，老屋就彻底失去了居住的价值，在风吹雨淋中，变得跟父亲的面容一样沧桑。但是，父亲舍不得拆除老屋，“这老屋好啊，你们哥俩一个一个地读书了、参加工作了、成家了、养儿育女了，不都是从这老屋里出去的？”退休了的父亲每天起床后的第一件事情，就是打开老屋的门窗，让清凉的风充盈着屋内的每一个角落；晚上临睡前，也都会再三检查老屋的门窗是否关锁好了。

这一次老屋翻修屋顶是包工包料的，年迈的父亲没有花费一点力气，不过，他一直全神贯注地盯在现场，不停地叮嘱着工匠：“小心一点，这瓦现在可找不到了，不能弄破损了，不然没得换。”“你们看看，这砖头三十多年了还没有风化，你们看看，这瓦上面的纹路清晰可见。现在哪有这质量的啊！”工匠取笑他：“现在都是琉璃瓦了，谁家还用土瓦？”父亲总会说上一句：“你们不懂的，你们不懂的！”

雨，依然淅淅沥沥地在屋檐上汇聚成流，然后慢慢地淌下来，形成一道道白色的线，一如当年老屋落成之日的雨。其实，我懂，因为那砖、那瓦，都是父亲一块一块、一片一片拾掇起来的，那里面不仅仅浸润了他的汗水，还有他在苦难日子里对生活的全部希望！

留一盏灯给你

那天，加班到深夜回家，在已经没有行人的街道上孑然而行，“三九”的夜风让我感觉到丝丝的透骨凉意。目光所及，远处的路面隐约有些发白，冬风吹着黄褐色的梧桐叶在地上无力翻滚着，星星点点的橘黄色路灯忽闪着眼睛，仿佛告诉我它们始终陪伴在我的身边。

风，依旧寻找着我身上的每一丝缝隙钻进来，而我，走过每一处路灯下，感受着月光般的路灯光泼洒下来，直照得心里暖暖的，那灯光似乎触手可摸，柔和地漫过肌肤，在不经意中就轻轻融化了夜行中的孤寂、寒冷。

小时候，最怕的就是走夜路。由于社会物质条件和家庭条件的限制，每晚见到最多的就是如豆的煤油灯。天刚刚有点蒙蒙灰的时候，街市上已经是漆黑的一片，不要说奢侈的路灯，就是偶遇一两个夜行人，握住的手电筒也是忽明忽暗的——那是为了节约手电中的电池，一会儿开一会儿关才特有的情景。下了晚自习回家，匆匆的脚步声刚刚走到了屋后的小路上，倚靠在堂屋方桌边微睡的母亲会立刻将原本扭到最暗的罩灯挑亮，刹那间，油纸蒙着的窗棂上就会摇曳着母亲的身影，像剪纸一般倒映着。在窗外无法看见母亲的神情，但总能够想象到母亲期待晚归孩子的那种急迫。那一盏煤油灯光伴随了我许久许久，直到我一路走出乡村，但是我知道自己始终没有走出母亲每晚等待我夜归的目光，始终没有走出那伴随了我童年、少年、青年时代的煤油灯光……

城市对于我的到来，没有丝毫的欢喜和惊艳。而生活在城市里的我却每天看着城市沧海桑田般的巨大变化：高楼林立、商铺昌盛，百盛开张了、大润发进驻了、苏中改装了、德润落成了，所有的这一切对于我这个从小在乡下长大的人而言，不过就是有了更好的购物地方，有了更多的休闲去处。我喜欢的依旧是那晚上散发出来的点点灯光，原本只有中心城区亮堂一片的城市，暖心的路灯光像一面湖水中的波晕一样四处荡漾开来，延伸到很远很远，照亮得很远很远。

通榆河边新建的流光溢彩的滨河风光带，每当夜幕垂临，紫色的、粉色的、大红的霓虹灯辉映了金海路的东首，三三两两的游客传来的窃窃私语，让潺潺不息的流水刹那间就有了灵性，一路欢歌向南！

工农桥西侧的路灯蜿蜒着连接到新204国道，川流不息的车队傲然前行，轿车、卡车、电瓶车的各种喇叭声与自行车的“吱嘎”声交织在一起，仙湖农业生态园的灯光让城西夜晚的半壁天空仿佛是晨曦初起！

晨钟暮鼓里的西溪因为灯光的装扮焕发出千年积淀的生机，汉白玉的董永七仙女像在如同白昼的灯光照耀下迎接着游园的男男女女；泰山寺前高大的牌楼在鹅黄的灯光中显得无比庄严端重，风姿绰约的宋城墙起起伏伏地在闪烁的灯光里，倾诉着西溪厚重的历史！

海陵南路、东亭南路的灯光一路眨着眼睛穿越过引江河，原本略显沉寂的城市边缘也因为明亮的灯光而热闹了起来，人声嘈杂的土菜馆灯火通明，苏格兰风琴式样的城南大桥变幻不同的色彩，好似在引江河上弹奏着动人的乐章！

惠阳路的灯光一直走到了四灶小街上，灯光与灯光的相连将原本偏僻的小镇也渲染了，路旁的芦苇轻轻飘舞着四溅的芦苇花，冬季的麦田还是黑魆魆的，而连绵不断的灯光带就像一条火龙般，横亘城市的南端，在宁静的夜晚铺设着从城市到乡村的中国梦、东台梦！

还有那宽阔的北海路、平坦的北绕城、机声隆隆的市经济开发区、繁花簇锦的城东新区都是灯火闪亮，无论你走到城市的哪个角落，似乎总有这样一盏灯是为你而留着，不仅照亮了城市的夜空，也照亮了每个人的心窝。

村庄里的烟火气

行走在新街的土地，从脚跟处就能感受到这片土地上的人间烟火，它会充盈着你整个的身体，直至弥漫在麦香四溢的村庄里。

我来时，正是盛夏。收割后的麦田，静静地躺在方塘河畔的平原之上，任风抚摸。一些村庄的水泥街巷，铺满金黄的麦粒，正尽情地享受着阳光的照耀。而它们的主人，则用一种叫作翻耙的农具，轻轻地为它们做一个类似梦酣之中的翻身，那细微的翻麦声，多像麦子们睡梦中发出的呓语。街头巷尾，一些停靠的汽车、农用车，任白白的墙体做底衬，静卧着平和与自然。此刻，天地之间仿佛只属于我，心情会立刻变得静谧起来，摈弃一切尘世的浮躁，用一种闲适的心情来欣赏、来感受，就像品着一杯浓郁的咖啡。

新街，偏于苏北里下河平原东南一隅。这个以苗木、救生设备和电商声名鹊起的沿海小镇，此刻，就像一个守着历史和沧桑、枕木而眠的老人，胸中深藏着几百年历史，从张謇北上到电讯南下，在经世的繁华中默默守着一份清淡的岁月，任年轮涤荡，不改初心。

天空、云朵、大地、流水、绿树、繁花，点缀着新街。新街，这个昔日因启海民众北迁而来、集聚农耕文化的处女地，如今依然可以在那些有风吹过的巷子里，找寻到牵扯着情愫的人间烟火气。在这里，有农田与河流的完美组合，一方方绿色的家园，是一季庄稼挽着另一季庄稼的感慨。就连在村子里追逐游戏的鸡鸭鹅们，也都是一朵浪花簇拥着另一朵浪花的深情。如果静下心来倾听，有布谷鸟翅膀掠过的哨音，那是土地、碧水、蓝天、白云之间热烈而轻微的誓言，关于青春的、关于理想的、关于爱情的、关于这片宁静的土地的。

天空飞翔的河鸥，也许是在收集大地溢出的麦香吧，一会儿上、一会儿下，一会儿远、一会儿近，欢快的歌声多像岁月凝聚起来的谚语，给你的情意绵绵带来了多少萌芽的故事。我知道，人的生命体里，有些东西会流逝，有些思想会改变，只有时光的涛声依旧。置身于新街，看田野上辽阔的盎然绿意，垄间一排排高大的树木令人肃然起敬，随风而动的树叶，用傲气的行为艺术，让多少远望的目光停滞在这原生态的村落，并多了几分敬意。

徜徉在炊烟四溢的村庄，真想就此席地而坐，解衣而卧，闻着泥土的清香，似乎才找寻到心灵的原乡。固守的田园风情，凸显新街村庄特有的古朴和恬静。幽静的田园，小巧的清潭，如绸的柔软，轻触心底最为温情的思绪，把这片大地的风景点缀到了极致。这里生长的每一棵树，每一朵鲜艳的花，每一片叶子，都是一种完美的展现。就连田头沟边那些不知名的野草和野花们，也生机盎然地在各自的天地里快乐地生长着。俯拾是诗，仰首是画，随意变换一个视角，总有一份精彩让你如痴如醉。

由此，我更加羡慕生活在这里的人们，他们总是能够返璞归真，回归自然，把自己从农耕的萧条中解脱出来，通过电讯的传播，用生态的功能，谋求今天的发展；用人本情怀，带着现实的深度和广度，把人与自然的一切连起来。这也许就是新街的烟火气真谛所在吧！

“一花一叶一世界”，人间烟火，也总是有灵性的。

岳母的城市

岳母，一个年近七十岁的老人，一个与土地打了一辈子交道的农民，本来与钢筋混凝土浇筑的城市毫不相干。

至少，在我的孩子未出生前，岳母从来没有在城市里真正生活过。包括现在，岳母依然过不惯城里的生活。

但是，如今岳母每年总有很长的时间生活在城市里。这从岳父打给妻子絮絮叨叨的电话中也能听得出来："你妈妈怕是真不要我了，现在每次一走就是几个星期的时间，也不想着要回来。"

岳母一边在厨房里忙得叮当作响，一边扯着她那根本就小不下来的嗓门冲着妻子直嚷嚷："你爸就是唠叨，我这不是每周都回去吗？再说了，他那么大的人，不会照料自己啊？等我把外孙带大了，以后有的是时间回乡下陪他。"她的外孙，也就是我的儿子，成为她如今的口头禅。看得出来，她疼爱她外孙的程度，已经远超过了和她相濡以沫二十多年、如今独自在乡下生活的岳父。妻子捂着电话听筒窃笑着回着岳父的电话，却没能注意到厨房里，岳母盯着"咕嘟"翻腾的汤锅正愣着神儿，偶尔，还用衣袖拭一下眼角。

一会儿，岳母出来倚靠在厨房的门框上，低着头掩饰着红红的眼睛，对着我和妻子说："要不，明天你们俩辛苦一下，我回家看一下，过两天再来，行不？"

我知道，岳母是真的想念岳父了，想念她乡下的小院子了，想念她的那些鸡鸭鹅羊了。

那才是真正属于岳母的生活。

城市，对岳母来说是陌生的。尤其不怎么识字的岳母，在繁华的城市里有种手足无措的感觉。第一次进城来帮我带孩子，岳母整整一个星期没有出家门。无聊了，先是看电视，整日整夜看电视，看得原本老花的眼睛变得更加模糊，这才警觉起来；然后就是打电话，原本手机只需交月租费用十二块钱的，结果一个月下来竟然帮她充值了三次都不够，我调出话单一看，都是打给岳父的，最多的一天打了十六个电话。看着长长的话单，岳母像犯了大错误似的，连续好几天都充满歉意地说："我不知道手机打电话那么贵呢！"

听得我和妻子心头一阵酸楚，问她怎么不出去走走，打发打发时光。岳母嗫嚅了半天终于说出实情：也曾出去了一趟的，就离家二三百米的样子，结果找不到家了，后来还是一位熟悉我们的邻居看到她才把她送回楼道下的，因此没有我们带着她，她一个人是万万不敢出去的。我能想象得出，一个久居农村的老妪，在全部都是一色灰暗的钢筋混凝土建筑里，茫然四顾地寻找着回家的路时，那种彷徨与无助，甚至还有怕走丢了的恐惧。岳母的恐惧不是来自自己："我丢了没事，谁来烧饭给孩子吃呢？"即使是在这样的恐惧里，她首先想到的还是她的外孙！

记得我和妻子刚结婚的时候，岳母就曾经说："这下好了，我手头的事情了结了，可以享清福了。"孰知，儿子降临之后一直体弱多病，奶奶身体又不佳，她这个做外婆的放心不下外孙，就干脆搬来了和我们一起居住，儿子从襁褓吃奶到磕磕绊绊学走路，从咿呀学语到上小学、中学，岳母几乎没有离开一步。十多年来，我亲眼看着岳母一头的青丝慢慢泛出白霜，挺直的腰杆慢慢佝偻，满嘴的牙齿慢慢脱落……

“等孩子上了大学，我就不帮他烧啊煮啊了，到时候他估计也会嫌弃我了啊！”

我的岳母，妻子的母亲，她给予我和妻子的，是天下最深沉的母爱，并且将这种爱延续到了我们的下一代。

母亲的棉花

回到老家的时候，家里的门紧锁着，我扯着喉咙左一声“妈”右一声“妈”都没人应答。心下纳闷：人会到哪儿去了呢？母亲应该知道我今天回来的。目光掠过屋前柴帘上晾晒着的棉花，我突然想起来：母亲应该在她那一亩三分的棉花地里。我放下行李找到田里，果不其然，母亲正佝偻着腰在地里拾棉花，腰间围着个蓝花的布兜，鼓鼓囊囊的，每移动一步似乎都很吃力。田里的棉花开得正好，朵朵开到极致的棉花像万顷碧波中的点点云彩，母亲脸上绽开的笑容如同九月灿烂的阳光，耳鬓的白发在风中凌乱地摇曳着，看得我有点心酸。

“妈，我回来了，找你半天了，原来你在地里捡拾棉花呀！”“哎哟，我都忘了你今天回来！早上看太阳挺好的，就惦记着这棉花好多天不捡拾了，今天捡拾一下，过几天再扫个尾，就差不多了。走，不拾了，回家弄饭去。”“好像也不多了，中饭不着急，我帮你把这几行的棉花拾好了再回去弄饭也不迟。”“那行，你回去弄饭，我再拾一会儿，棉花荚戳手，你就不要弄了。”“没事儿，我小时候也帮你拾过棉花的啊！”母亲听到我的话，憨厚地笑起来："就这么点儿棉花，拾好了到晒场上晒一晒，霜降以后我送给人家轧成皮棉，今年孙子能铺上一床新鲜的棉花被了。""现在都是太空棉、蚕丝被，谁还在乎这个棉花被。""你这孩子，棉花被多好啊，你哥俩不就是这棉花伴随着长大的？"

我五指并拢，轻轻从花荚上拉出一朵棉花，不经意间，绽放的花荚微微刺痛着我的指尖，而母亲的话瞬间让我的思绪飞得很远很远。小时候，最盼望的就是棉花收场的季节。家里责任田本来面积就不大，但是母亲每年却总要在不大的地块里种上一茬棉花。收获的棉花母亲从来舍不得拿去卖掉，霜降左右母亲将棉花轧去棉籽后，就开始忙碌起来。先是将家里的旧衣服拆开，一块一块地用自制的糨糊刷在门板上吹干，然后量过我和哥哥的小脚，将吹干的布料重合起来一针一线纳着千层鞋底。鞋面是母亲用棉籽油换来的黑色灯芯绒布，里面絎着薄薄的棉花，如此一双舒适美观的布棉鞋就做好了。新棉鞋照例是在大年初一的早上才舍得换上的，走家串户给亲戚拜年的时候，我的眼睛都是盯着自己的新棉鞋，惹得村里的女人们忍不住"啧啧"声一片：这棉鞋做得好看！因而每年村里的大小媳妇都喜欢来找母亲要纳鞋的纸板底样。

不只给我们做棉鞋，新年的棉袄、棉裤都是等待这秋收上场的棉花做成的，每年母亲收获的棉花刚好够全家人做棉鞋、棉衣。在那个物资匮乏的年代，这成了我记忆中最值得骄傲和自豪的物质享受。多少年如一日，母亲始终侍弄着那一亩三分地的棉花。在我结婚的时候，卧室里堆放得最多的就是一条条大红的新棉被，那是母亲积攒了几年的棉花新弹成的；在孙儿出生后，正值寒冷的冬季，母亲戴着老花眼镜赶做着孙儿的棉鞋、棉衣，我劝她不要做了，可以到商场买现成的婴儿用品，可是母亲一句话就打发了我："买的哪有我手工做的好？这新上场的棉花对孩子皮肤一点儿刺激都没有。"孙儿大了，母亲每年都用新收的棉花给孩子弹上一床新棉被，我不知道棉被与太空棉被、蚕丝被有什么区别，只是发现儿子每夜拥抱着奶奶给他的新棉被，睡得很香很香。其实不只是儿子，还有我！

徜徉在母亲的一亩三分棉花地里，闻着青涩的棉花香，秋日的阳光依然非常刺目。在这明媚的阳光里，我小心翼翼地将花荚上残余的一丝丝棉花都捡拾干净。我知道，我捡拾的不仅是棉花，还有母亲对棉花的那份呵护，还有我对这乡村无限的眷念！

年　味

窗上的霜花厚重，看不见外面的景物。白天的时间越来越长，夜幕尚未降临，远处已响起稀稀拉拉的鞭炮声。小年夜，空气中都充满了浓郁的年味。

曾几何时，记忆中的年味，就是那悬挂在房前屋后的一串串腊味。进入腊月，乡下过年最紧要的是灌上几段香肠、杀一两只鸡、剖一两条大鱼、腌制几块五香咸肉。母亲从宰杀、清洗、沥水、上佐料、风干，都是亲力亲为，从不肯让我们插手。一串串新鲜的鱼肉，经过母亲巧手加工，在老屋的山墙上悬挂起来，颜色鲜艳的鱼肉不仅散发着原始的肉味，还夹杂着茴香、八角、花椒的混合味儿。孩子们几乎每天都要昂着头看着山墙上的那些鱼肉，守候着那些鱼肉的颜色由红色变浅，再慢慢变成深灰色，直至黑色鱼肉腥腥的味道渐渐褪去，只剩下寒风偶尔吹来的一段腊香，直直地沁入心脾，惹得屋檐下的孩子们像馋猫一样，不停地吞咽着口水。

每当看到我们喉结上下蠕动的时候，母亲总要怜爱地抚摸着我们哥俩的头："小馋猫，晚上就蒸香肠，做白菜烧腊鸡给你们吃。"那个夜晚，餐桌上的腊味会偷偷地钻进我们的梦乡，那一根根幽香四溢的香肠已足能解馋，那连骨头恨不得都要嚼碎的腊鸡在味蕾上久久不肯离去。此后的几天，打个嗝儿都是那种香浓的腊味，让孩子们更加期盼着下一次的美餐。

曾几何时，年味就是那糯香回荡、暖心暖胃的一块块年糕、馒头。腊月初，在兑换回小麦面后，女人们就开始淘洗糯米，并泡足了水。蒸年糕、蒸馒头，是乡下过年必须要进行的神圣仪式。母亲说过，"再穷、再忙，年糕和馒头不能没有，要不，怎么能叫过年呢？"第一天的下午，男人们就开始忙碌起来，调面、加酵、醒面，白白的面粉软软地躺在敞口的瓦缸里，等待着最后的蜕变。通常，大人们都要在黑黝黝的瓦缸四周垫上厚厚的稻草，整个厨房里灯火通明，灶膛里早已烧得通红。夜色降临，白天嬉闹的孩子们都懒散地躲进了瓦缸间隙的稻草里，偷偷用耳朵在瓦缸上听着，在"呲呲"的麦面发酵声中，沉沉地睡去，梦中似乎已经闻到了年糕和馒头的味道。

凌晨的吆喝声会惊醒原本还沉睡的孩子们。蒸汽将整个厨房笼罩得伸手不见五指。掌笼的人掐着钟表，指挥着几个男人不停地将酵缸里的面一块块捞出来，再切成拳头大小排列在笼屉上，然后一层层摞到大锅上。"加火！赶紧大火烧！""加水、加热水！""让开，小孩让开，出笼！"厨房里的水蒸气更浓了。此时的我们早已裹紧了棉袄候在室外，等一笼屉馒头或年糕倒在柴帘上时，忙不迭地帮着将它们一个个分开来，然后用筷子蘸上红红的颜色在每个馒头或年糕的中心点上一点。偶尔，也会偷偷地拈起一块年糕或面头塞进嘴里，还没有尝到什么味儿就已经吞下肚了，待一锅笼的年糕或馒头都出完后，才会再拿上一两块，斜倚在酵缸的旁边细细品味着，觉得全身的毛孔都是暖洋洋的幸福。

曾几何时，年味就是母亲准备好了的一碟碟糕点、瓜子、蜜枣、糖块……年前，母亲就每天要去集市上一趟。起得很早就去了集市，回来的时候手上拎着大大小小的袋子，那是母亲赶早去采购的各种各样的年货。“正月里，乡里乡亲的要来走动，怎么能不准备一点？”从小年夜开始，乡下孩子的兜里就慢慢地充盈起来，任意一个孩子在成群结队玩耍时，总能随意从白沫四飞的嘴里吐出快要嚼烂了的瓜子壳儿。在拍纸炮、推钢圈、跳格子的过程中，时常会有瓜子从浅浅的口袋里跳出来散落在地上，引来周围一群孩子的哄抢，不管不顾地塞进嘴里，甚至沾了泥土也不会在意，因为那瓜子上的奶油香味实在太诱人了。

最快意的当属口袋里能掏出几只摔炮或擦炮的孩子了。通常这样的孩子周围总会有一群跟随者。即便是平时很不被大家所待见的孩子，在过年的时候只要口袋里有这样的物什，总有几天是被众星拱月般围着的。摔炮、擦炮不一定要自己玩，当有孩子大喊着“注意啦！”周围所有的孩子总会不约而同捂着耳朵，等待着一声清脆的响声，然后便是沸腾的欢呼声，好似完成了某种任务一样，而领头的那个孩子也会面露骄傲的神色。当然，也有恶作剧的，不声不响在别人背后冷不丁扔上一颗，然后就是在惊叫声中追逐打闹起来，那笑声会在村子的上空传得很远、很远。

每年，在乡下，这样的场景总是重复着。年味，在腊香、糯香、芒硝香的味道里越来越浓，浓得几乎化不开来，然后就捻成了一根思念的弦，让回家过年的念想也越发强烈起来。

屋后的七分地

这垄地原本是爷爷奶奶的，现在完全属于母亲了。

分户的时候，母亲看着爷爷奶奶从茅草屋中搬出的一张破败方桌、三张高低不平的木凳和一蛇皮袋子玉米，用蚊子般的声音朝着奶奶嘀咕了一句："家什啥的我不要，你把屋后的那七分地给我种。"据说，在一阵沉默之后，爷爷大手一挥："给她！我倒要看看一个分户时连吃饭桌子都不要的女人，能在这几分地上折腾出什么？"

母亲欢天喜地地撇下那张破方桌，操起斜倚在屋檐下的一把钉耙，头也不回地去了已经属于她的地里。分家以后，母亲需要解决的最大难题就是一家三口的饭。然而在面积只有七分大小的地里长粮，绝对是一种奢望。

一垄地被钉耙深翻一遍后，母亲用锄头将田地分成了四五个大小不一的方块，然后将一些看似干瘪的种子一粒一粒地戳进了湿润的土里。播种的时候，晨曦中的母亲脸上带着一种我读不懂的庄严。若干年以后我才明白：那是母亲对土地无以复加的尊重！

那个春天，母亲成了这垄地的魔术师。首先破土的一畦小青菜，仿佛一个个在地下憋了很久似的，吸足了气往外蹦，甚至是见风长，一天一个样子；再后来是豌豆、豇豆、丝瓜、黄花菜等争先恐后从地下冒出来。牵着藤蔓的那种，母亲会在根部插上一根芦苇，任由它往上攀爬着。不到两周的时间里，七分地上就已经是高高矮矮的各种时鲜蔬菜了。母亲甚至兴奋地说，原本不指望的香瓜也放藤了。香瓜，即使长在地里也是一种奢侈，没有人愿意将田地用来种这些看似花哨的作物的。

然而，母亲执拗地种了，而且将七分地上都种满了。

收获，是喜悦的。当母亲将地里吃不完的黄瓜、豌豆、新掐的黄花菜头，还有干脆爽口的香瓜一次次送到左邻右舍家中时，左邻右舍总会拉住她空荡荡的篮子："别忙走，我舀点玉米啥的给你带回去，孩子可是要吃饭呢！光吃这些咋能吃饱？"偶尔，还能有一点儿白面带回来，母亲便从地里掐上一把葱洗净剁碎，再在面粉里和上一些刚刚采摘的槐花，给我们摊葱花大饼。吃饭的桌子依然是没有的，母亲从屋后捡回四五个半砖垒起来，搁上一张木板就成了餐桌。我已经记不得那张餐桌木板的颜色，不过，葱花大饼的味道一直萦绕在心头，久久不肯离去。

兑换多了，母亲就过意不去，不再去麻烦左邻右舍了，而是当我们还在睡梦中的时候，她已经担着两箩筐的蔬菜去了集市。七分地上长出的果蔬总是格外惹人注目，能卖上一个好价钱，这也让母亲更加坚定了种蔬菜换口粮的决心。上午挑菜、拣菜、卖菜，下午打理七分地，成了母亲每天的工作。

后来长大了读书，觉得母亲的七分地就是鲁迅先生笔下的"百草园"。母亲也会在七分地的周围种上一圈的蔷薇、月季。蔷薇和月季枝干上的刺成了母亲七分地天然的篱笆。秋天的时候还有高高昂着头的美人蕉和鸡冠花，爱美的母亲将用矾渍过的鸡冠花叶裹在手指上，第二天指甲就会变成红红的一片，还不会褪色，这惹得村子里的那些年轻女人们很是羡慕。

“人懒地勤。只有懒人，没有懒地。”我不知道母亲从哪儿得来的这句话，不过，七分地在她的手里一年四季深翻着，从来没有断过绿意，变着花样长着各种果蔬，一直到我们哥俩在城里安家立业。

现在，母亲常来城里住，不过住得并不踏实，连着来去最多两天。来，其实就是给我和哥哥送蔬菜来的，一捆捆的茼蒿、一袋袋洗得白净的萝卜、一摞摞撕茎去皮的豌豆荚、一根根脆滑多汁的黄瓜，背得母亲气喘吁吁的。每每戏谑她说：“城里样样都有得卖。”母亲总要正色告诉我们：“这是我亲手栽的。”然后就是住一夜，几乎是凌晨就起床在家里转悠，天刚麻麻亮，就吵着要回去：“不放心屋后那块地呢，不晓得西家的狗会不会到地里瞎折腾，也不晓得东家的鸡今天放不放养？”然后不由分说地乘着第一趟班车就回去了。

不放心她是否回到了家中，打个电话，却总是父亲接的。问一声：“妈呢？”

“她呀，正在屋后的地上忙活着呢！”

这个时候，我的脑海总能浮起几幅画面：年轻时的母亲用被鸡冠花叶染红的手抡起钉耙在翻土；中年母亲系着围裙在垄间薅草；如今的母亲驼着背用小锹铲起一棵棵蔬菜……

我不知道母亲还能在七分地上劳作多久，不过，我倒是愿意将这七分地传承下来。或许，一些年以后，我也会像母亲那样在七分地上肆意地长着我想要的绿色！

母亲的味道

临近开学，思量着要去乡下把儿子接回来报名。还没动身，母亲的电话三天两头就打来了：“什么时间回来啊？”“回来在家吃饭吧？”“是住一宿还是下午就走啊？”在得到我在家住一晚上的肯定答复后，母亲连声说：“住一晚上好，住一晚上我就去买菜回来烧饭。”我忍不住说：“你身体还没有完全康复，你就歇歇吧。”“没事，没事，做饭不吃力，你回来我咋能不烧饭呢？现在你们也难得吃到我烧的菜了。”

放下电话的刹那，我知道母亲这两天又不得消停了，每次只要得知我回去在家吃饭，她总是提前两三天就开始准备饭菜。尽管我一再跟她说自家的儿子回到家里，有啥就随便吃点，可是母亲仿佛把我的回乡当成迎接贵客一般，总要烧上我喜欢吃的几个菜。在没有开始时兴帮厨服务的时候，村子里人家有了婚丧事宜，总是在家里摆宴席，东边邻居家借锅碗瓢盆，西边邻居家借方桌大凳，再有贴心的三五个女人帮忙做下手打打杂。而这宴席的主厨颇有些讲究，要邀请村子里大家公认的做菜手艺好的人，不光要烧的菜肴口味适合大家，还要人品好，既能帮助主家不浪费又能让宾客尽兴，并且手脚要相当麻利，一溜边的十桌八桌人，一趟锅灶就能应付过去。母亲曾经是村里出名的忙菜好手，是大家公认的掌勺大师傅。母亲烧的菜咸淡适中，颜色搭配得当，分量刚好足够，不仅客人们喜欢母亲烧的菜，主家也赞不绝口。因而逢双的好日子里，母亲的日程总是排得满满的，在这家忙完了中饭，又到别家忙晚饭，主家总要提前预约才能请到母亲掌勺。大部分的日子里，母亲总是去帮着义务劳动，不取分文报酬。临了主家递上一个红包，倘若是婚嫁喜事，母亲便推辞着说："孩子用钱的地方多，就权当给孩子的心意吧！"遇着丧事，母亲的态度就更加坚决："这料理后事用钱凶着呢，我怎么能要这钱，帮我买点纸烧给亡人吧。"

后来村子里有了帮厨的专项服务后，渐渐年迈的母亲也就闲了下来，不过她的手艺仍然没有丢掉，每年的端午、中秋、春节依旧是母亲一人在锅灶边忙碌。哥哥和我相继成家后，每每阖家团聚时，烧饭炒菜任务便落到了两个儿媳的身上，母亲只是在我们偶尔回去的时候才能在灶边做上一顿饭。

这个夏天，母亲因为十多年前的手术后遗症，住院治疗了一段时间。在家休养的日子里，我把儿子送回了她身边，陪她和父亲两个人说说话。上午到家的时候，儿子偷偷跟我说："奶奶几天前就开始张罗着买菜了，昨晚上在厨房里忙活了几个小时，把猪爪焯水、五花肉炒透，竹节虾也煮熟了。"刚放下行李，母亲便在厨房里吆喝起来："来吃饭啊，开饭啦。"我和妻子都坐到了熟悉的餐桌边，母亲已经盛好了饭碗，桌子上的菜很多，有慈姑红烧肉、炖猪爪、水煮竹节虾、西芹炒肉丝茶干、清蒸鲳鱼、红烧鲫鱼、韭菜炒卜页、丝瓜蛋汤等。可是，这是什么菜啊？猪爪上还有参差不齐的猪毛，红烧肉里还夹杂着几根白花花的头发，西芹已经炒得发黑，鲫鱼的头尾已经在锅边上熏焦黑了，韭菜根部还残留着黄黄的叶子。我拨拉了几筷子，眼泪忍不住在眼眶中打转儿，这桌菜就是那个曾经做得一手色香味俱全的母亲烧的？母亲先后动过两次较大的手术，而且历经四次化疗，所以不停地掉头发。因为手术中麻醉药用多了，眼睛看不清楚、耳朵也听不分明了。我不知道母亲做这样的一桌菜需要多大的勇气，需要克服怎么样的困难，她在昏黄的灯光下择拣着一根根韭菜，她在油烟的熏蒸中迷糊着双眼炒菜，她在咕噜的沸水中听着竹节虾煮熟的声音，她在仍然炎热的初秋夜晚烹煮着希冀，烹煮着她为儿孙们精心准备的菜肴。她根本不知道蔬菜没有择拣干净，她也不知道有的菜已经烧煳了，她只知道儿子回来了就应该烧上一顿饭、做上一桌菜，她只知道儿子最喜欢吃她烧的菜、最喜欢她做的菜的味道！

我默默地用筷子夹去那几根白头发，挑去韭菜根部的几缕黄叶，用手一根根扯净猪爪上的猪毛，大口地吞咽着菜、大口地扒着饭，妻儿无言地看了我一眼，也学着我的样子吃起来。母亲在一旁欢喜地看着我们狼吞虎咽的吃相，满是褶子的脸上荡漾着笑容：“慢点吃，慢点吃，喜欢吃的话我晚上还烧这几样菜。”其实我已经吃不出菜肴的任何味道，但我知道，这菜，依旧是熟悉的味道，是母亲特有的味道！

路过花开，路过你

公园的桃花开了。

微醺的春风中，尚未开足的桃花三三两两散落在苍虬的枝头，粉色、红色的花朵与不远处尚未衰败的黄色蜡梅交相辉映，在点点翠绿的林中煞是好看。初春的寒意，从波光粼粼的水面上掠过，惹得有点鹅黄的杨柳也摆动着婀娜的身姿。

想起琴丫头说要来看花的，便在微信上喊了几句。那头，她睡意蒙眬，嘟哝着说："你拍给我看看。"手机镜头取景并不惬意，拍得初艳的桃花有点颓废，但这丝毫不影响微信那头琴丫头欢快的惊讶："真的开了？那我得去走走了，再闷下去感觉都要发霉了。"

风风火火的琴丫头说来就来了，就如同当初她逃离那座熟悉的城市一般干脆利落。要放弃一个已经烙印在心上的城市，转而在另一个毫不熟悉的地方重新开始打拼，尤其是对一个时近四十的女人而言，该需要怎样的勇气？琴丫头很少说起她的过去，包括那个绝情离她而去的男人，都随着她离开那座城市被尘封在记忆里。当初，三十出头的琴丫头已经有了自己的产业，豪华的车子，舒适的房子，乖巧的女儿，还有和和美美的家，丈夫担任着她公司的财务总监，她掌管着公司的业务。无论走到哪儿，她身上那种职场女性的成功感都令周围的人为之倾倒。孰知就在那个时候，她的婚姻出现危机了。每日打拼的她并没有失去女人的敏感。每当她还在公司处理事务的时候，女儿电话中总传来孤独的哀求："妈妈，你早点回来吧，我一个人在家害怕。"丈夫回家的时间越来越晚，每次身上都带着劣质的香水味。日子在平静的岁月中裂变，直至那次愤怒的摊牌，丈夫终于承认在外面有女人了。琴丫头怀抱着女儿，紧闭着房门，任由丈夫无休止地认错也不肯开门。委屈的她一遍遍自问："我一个人经营着那么大的公司，容易吗？他为什么还要背叛我？"

追求完美的琴丫头伤心之余终于做了决定，离开那个绝情的男人！而男人已经在她之前做了若干无赖的举止：转移了公司所有的财物。"我只要女儿！"在无数次抗争之后，她放弃了一切徒劳的争论，提出了唯一的要求。

"婚姻出现问题，肯定不是一个人的错。不过，我是逃离的。"时隔数年，再谈起那段往事的时候，琴丫头已经没有了当初的愤愤不平，语气平静得如同眼前凝滞的春风。"如果我多花点心思在家里，多陪陪他和女儿，那该是多美好的事情！"女儿寄养在外公外婆家，她在那座伤心的城市实在待不下去了，就收拾行囊再次上路了。

幸好，在这座城市，她又有了自己的事业，尽管刚刚起步但已经稍有起色。偶尔谈及过往，她的眉梢间更多的是自责年少的任性和不懂事。"如果可以选择，我也愿意做一个相夫教子的家庭主妇，只是……"晨雾中的湖水袅袅如缕，琴丫头不再言语。她是准备说再也回不去当初了，可是，人生有多少能重新回到当初的呢？

公园晨练的人渐渐多了起来，小径有点喧闹了。清晨的露水尚未完全消退，琴丫头却完全不管不顾的，穿梭在桃花的香气中，时而拉过一根枝头，美美地嗅上一通；时而轻攀枝头随意地摆出一个造型，花儿就像是开在她的发梢上一般；时而凝视着花苞轻叹一口气，她肯定又想念在另一个城市的女儿了。不过，这瞬间的淡淡的忧伤很快就在她爽朗的笑声中消弭殆尽，花枝间只有她的笑脸和映衬的灿烂桃花。

路上的行人行色依旧匆匆，路过那些开得正艳的花，路过花丛中的佳人，甚至来不及去瞟上一眼。远方，晨曦初微，毫不吝啬地释放着春天的气息。“如果有时间，真想去看看大海。”琴丫头随手掸落枝头的一袭露水，念出了海子的诗歌：“我愿有一座房子，面朝大海，春暖花开！”

其实，她不知道，人生诸多的风景里，背朝大海，一样春暖花开。她来这座城市就是一道背转的风景。很多时候，绕过那些惹眼的花花草草，也许还有不同的景色在守候着，就如同这曲径上的行人一般，路过花开路过你，却从不曾停顿，行色匆匆地去寻找下一个驿站。

人生的曼妙不在于风景，而在于徜徉在风景里面的心情！世间的美好，莫过于此了。

第二辑　故土情怀

一树繁花一亩宫

故乡，是用来怀念的。

我始终以为，我是背着故乡来到眼前这座城市的，因而，我对这城市有与生俱来的抵触，比如那林立的高楼大厦，如同纪念碑一般让人感觉到冰冷，冷到骨子里。

一个人，在某地停留久了，终会回望自己回不去的故乡。所谓的回望，其实是怀念那些已经消逝的时光，包括再也寻不回来的乡野乐趣。于是，在踟蹰于灯红酒绿的街道中时，常常有迷失方向的恍惚，恍惚自己回到乡下那些鸡鸣狗吠、把酒话桑麻的日子。

鸡是散养的土鸡，家家户户都有。

每群鸡大概有二三十只，也说不准数字，乡村里，鸡在白天都是“一窝蜂”的，只有到了晚上，才会在主人的召唤下各自回到窝里。每群鸡，总会有一只毛色亮丽的公鸡领着，在房前屋后的几分地上觅食，“咯咯咯”“咕咕咕”的叫声随着翅膀的扑棱声，肆意地流淌到田间地头，甚至是村子的每一个角落。虽说不上是“后宫佳丽三千”，但也足够让每群中独有的公鸡自我感觉很威武。只不过，在乡亲们面前，这种威武偶尔被一跺脚的吓唬或者随手扔上的一个木棒砸得七零八落的。

乡亲们从来不去细数它们，数不过来的。还没有数到十，队形就又乱了。那些主人家偶尔撒一把玉米粒，一下子就能吸引来自树上、地上、草丛间、屋檐下的鸡纷纷奔跑出来。这个时候，就更加不能区分是谁家的鸡了，说不定自家的鸡也正在别人家吃食呢。喂鸡，喂出了故乡乡亲们的大气度。

散养的鸡不烦人。即使主人家不施食，它们低着头随便在地头上走上几圈，一些可怜的虫子，甚至是春天刚刚露头的青草尖，就可以填饱肚子，再加上有领头公鸡的管辖，日出而作、日落而息，像极了在土地上生生不息的乡亲们。

故乡的鸡，是乡亲们的希望。在咿呀学语、蹒跚走路时，一声长长的“来吃蛋哦”响彻门前的晒场；上小学时，常常会在兜里装上一两个鸡蛋，到学校门前的小卖部兑上几支笔、几本作业本；在全家生活捉襟见肘、窘迫不堪时，又是这些鸡蛋被拎到集市上零卖贴补家用。甚或，有太多在农村长大的人，整个童年就是伴随着一群鸡的长大而长大。

因而，回乡下一定是要去鸡窝看看的：忙不迭地从鸡窝中掏出几个还带着温度的鸡蛋，无论煮、煎还是炖，或者就是最为简单的荷包蛋，唇齿间都会充盈着喷喷的香，久久不肯散去。

舌尖是不会骗自己的，这味道，会撩动心头上数十年的时光，如同思念一般，绵绵的，还有丝丝的疼痛。

故乡的鸡群繁衍不息，就像一茬茬生长又离开的孩子们。繁衍不息的，还有随处可见的狗。

所谓狗，就是那种根本不入流的土狗。

就是这种土狗，在故乡，已经渗入每一个家庭中，说它是家庭成员一点也不为过：没有意外的话，乡亲们会把一条狗一直养到老态龙钟、自然死去，即使死去，也会很慎重地用袋子装了埋了。

乡亲们是从来不吃狗肉的。这是因为据说吃了狗肉的人，走在故乡的小道上，很快就能辨别出来：会有一大群的狗追着撕咬后脚跟。

传说归传说，故乡的狗之多，确实出乎意料。三三两两的，或在乡间小道上昂首横立，或慵懒地卧在温热的泥地上，或穿梭于红墙灰瓦的屋檐下。看似普普通通的一条狗，甚至有些顽皮，顽皮中还带着一丝的狡黠，就如同一群乡村的孩子，天天调皮捣蛋，换来大人们一声声的责骂。比如，西家的狗撵得东家的鸡四处乱窜；比如，隔壁的狗把邻居家的小孩吓哭了；比如张家的狗发神经似的追着“突突”的拖拉机……

乡村的邻里之间，哪怕就是隔着一条庄户线，那也是邻居。乡间俗话说“邻居好、赛金宝”“远亲不如近邻”，对自家的、别家的狗，天天大错不犯、小错不断，谁也不会当真，更不会较真。因为发生在它们身上的，就像邻家小孩在自家犯错了，难不成还能打骂到邻家门上去？孩子嘛，谁不会犯点小错误呢！这就像村口戏台上每年上演的大戏一般，演出的总是那几个人，观众还是那些乡里乡亲，仿佛从来就没有剧始，更没有剧终，周而复始。

不过，在乡野，从来没有哪种动物会如狗一般的忠诚。每当袅袅的炊烟在村子的上空腾起，哪怕是刚刚还缠绵不断、摩肩擦颈的狗，都会偷偷看着西斜的太阳，恋恋不舍地分开来，一步三回首，各自回到自己的家。

村庄的夜晚，是属于狗的。此起彼伏的狗吠声，说来也怪，倒让乡亲们睡得踏踏实实的。

其实，有多少乡亲能踏实地睡觉呢？即使是梦呓，也念念不忘那一畦还没有挖完的地、那一簇还没有修整完的果树、那一片待垩肥抽枝的桑园。

晨露乍起，故乡的亲人就扛着锄头下地了，挖地、松土、捞墒、培根，看似很辛苦的一桩桩事，在脱衣赤膊、汗如雨下又充满希冀的号子声中，每日重复着。

下地是男人们的活儿。

空旷的田野上，返青的麦苗儿像刚刚发育的少年，融冻的土壤有些松，踩在上面感觉软绵绵的。清一色的男子，有埋头薅草的，有间隙喝水的，有隔着一条田埂大声打着招呼的。清晨的空气很湿润，夹裹着泥土的腥气味儿。田野不只属于男人，还有公鸡领头的鸡群，还有耳鬓厮磨的狗们，引得男人们肆意地开着玩笑，偶尔用一块土坷垃扔过去，惊得鸡们、狗们四处乱窜，男人们的笑声就更加欢快起来，更有好事者大声叫唤着，仿佛从恶作剧中找到了宣泄的出口，那笑声能消去久积的疲乏。

男人属于田野，更属于酒。

喝酒是从早上就开始的。这个习俗当从清末民初实业家张謇北迁民众垦荒开始。沿海地带的湿热，让先民们早起喝酒驱寒成为每天的必修课。故乡的男人们喝酒，从来不喝烈性酒、高度酒。这是因为故乡的男人从来不需要借酒消愁，更不需要在烈性的酒中释放桎梏的豪情。

故乡的男人，更多时候就像自己端着的那一碗酒：柔情，低回，又不失壮美。

酒是自家酿的大麦汤、米酒。

当太阳升得有两人高的时候，男人们就开始扔下手头的农具，懒懒散散地往家走。而家里的榆树荫下，一张一年四季摆放着的、早已褪去了本色的小方桌上，必然已经有了两个炒菜、一大碗麦烧。系着围裙的女人还在家门口进进出出的，从井里打上一桶温热的水，泼剌剌地倒在一个木盆里，男人们一例会脱下上衣，露出筋骨嶙峋的肌肉，先用水打湿脸，再把头摁进木盆里，“呼啦啦”地甩上几圈，然后惬意地呼出一口气，抬起头来，水滴沿着胡子拉碴的脸颊流过肩膀，流过胸膛。

女人们在一边忙不迭地递上干净的毛巾给男人擦脸，而自己的脸上满是欣赏的表情，仿佛在欣赏自己精心雕琢的一件艺术品一般。

男人们大大咧咧地在方桌前坐下，端起麦烧“咕咚”一声，一阵火燎的热气在小腹间腾起，再不慌不忙地拿起筷子，夹上一筷子青椒土豆丝送进嘴里，慢慢咀嚼着，待咽下去，再喝上一口麦烧，“呵”的一声才从喉咙底发出来，沉闷而带着快意。

酒精的刺激，会消除男人们晨起劳作的疲乏。而恰到好处的低度麦烧，就如朱自清笔下的《荷塘月色》中所说“酣眠固不可少，小睡也别有风味”般，使男人们微醺而不会大醉误事儿。

男人们也许从不知道朱自清是谁，但是绝不会贪杯，一碗麦烧就足以支撑一天的劳累。喝完吃完，就躺在榆树荫下的小方桌上，脚搁在小板凳上，耳边的收音机里传来单田芳的评书，偶尔还有几只“嗡嗡”的苍蝇飞来飞去，小憩就从这个时候开始了。

女人们刷洗完后就开始准备中饭。这个时候，她们从男人们身边走过时都会蹑手蹑脚的。身后，是白墙灰瓦的老屋，屋内甚至还撑着顶梁柱。不过，那横在小方桌上的身躯，才是一大家子真正的顶梁柱。

从上午男人们小憩开始，庭院里的时光就开始属于女人们了。

故乡的女人们拥有着中国女人具有的一切天性：爱美，唠叨，八卦，勤劳……

早饭过后的河边上，瞬间就热闹起来：张家长、李家短，谁家的孩子月考得了第一，谁家的儿女从大城市寄回了父母的养老钱……说归说，手上的活儿却不闲着，择菜、淘米、洗衣服，长长的小河边，比大队开会时还要热闹。

虽说是农村的女人，却毫不掩饰她们对美的追求。有胆大、开放的女人，见到谁谁刚刚新添的衣服，不由分说在河边就相互换着衣服，即使不是自己的，也要尝个新，穿上显摆一番。围观的女人则纷纷议论着谁穿着才是最好看的，谁的身材没有走样。

也有长舌的女人囿于自己的身材没有办法试那些衣服，总会不失时宜地说上一两句揶揄的话。不过，从没有人会当真。是的呢，抬头不见低头见的，谁又会把谁说的话放在心上呢？这一点，倒是庄户人家的女人们所独有的性格。

就这样热闹一番以后，各自端起装衣服的木盆、拎着装菜的篮子，开始准备午饭。

村庄里的女人们都是天生的厨子。家中宽裕的，中饭桌上至少有个一荤两素，庄户人家吃饭本来是不甚讲究的，有饭有汤管饱就行。可是女人们却不这么想，那些原本平常的青椒、胡萝卜、芹菜、莴苣等，切上点肉丝，放油锅里煸一煸，或者将门前池塘里取的河蚌炖上，那色香味就从每家每户敞开的堂屋里飘逸出来，弥漫在整个村子的上空。手头稍微紧凑一点的人家，这中饭也断然是马虎不得的，哪怕就是清炒几样素菜，或者就是切碎的莴苣叶，摸几个鸡蛋做上一碗黄绿分明的蛋汤，对劳累了的男人而言，也足以灌下一大碗的麦烧。

午后的时光也是属于女人们的。酒足饭饱的男人们依旧在榆树荫下呼呼大睡，三三两两的女人们拿着需要缝缝补补的衣服，不约而同地聚集到一起。女人聊天是不要茶水的，女人间的聊天也似乎总能找到共同的话题：男人，孩子，家务活儿。上午出去乱窜了一气的大黄狗，在午后也格外安静起来，眯着双眼趴在女人们的脚下，偶尔树梢上有鸟鸣的声音，使得它们警觉地竖起耳朵听上一阵，看看没有什么动静，又坦然地趴下来。

下午四五点钟的光景，休息足了的男人们又开始劳作了，在家前屋后收拾着。春季还有一桩紧要的农活，就是修建、整理那些一个冬天都横七竖八延伸着的树枝丫。修整果树，不仅是让它们长势更好，另一个重要的原因是，上半年全家的柴火来源基本上就靠修剪下来的枝枝丫丫。

约莫一周的时间下来，男人们不仅将果树修剪妥当，还将剪下来的枝条全部斫成了半米长的样子，一捆捆地摞起来。

摞起来的树枝丫，还摞着希望，特别是房前屋后一方方的桑树园。

拓桑过后的桑树，像汲足了乳汁的婴儿般疯长，几天的光景，原本低矮盘错的老树桩上就抽出了紫铜色的枝条，细长的枝条上挂满了宽大的桑叶，密密匝匝的，将整个桑园遮盖得密不透风。

养蚕的季节，大部分是女人的天下。从烘焙加温、采摘桑叶、腾挪蚕沙到捉蚕挂茧、采茧装袋，大部分的活儿都是靠女人完成的，只有最后的售卖，才会使唤上男人们。故乡的女人们在养蚕季节仿佛能够释放积蓄了一年的能量似的，浑身都是使不完的劲儿。中国女性千百年来所表现出来的那种坚韧，在故乡女人们的身上诠释得淋漓尽致。

天刚蒙蒙亮的时候，女人们就已经在桑园里“稀里哗啦”地揪开了桑叶。一大包一大包的桑叶被摁得结结实实的，女人们蹲下身来一甩，就背上了肩，平时看似弱不禁风的身躯，这个时候如同一张满弦的弓，连跑带溜就到了家。带着晨露的桑叶最为鲜嫩，采摘回家后要赶紧摊晾开来，风干叶上的露珠，再喂给蚕儿。

养蚕的劳累，集中在一个月的时间里，需要无休止地采摘桑叶、清理蚕沙。那拇指大的蚕儿几乎要啃噬掉一座桑叶山，在吃得滚圆、身体渐渐透明之后，蚕儿结茧的时间就到了。白色的丝是故乡人眼中的铂金：家庭的支出、孩子的学费、添置的衣裳……都寄托在那大拇指大小的蚕茧之中。

卖第一季春蚕的时候，粉的桃花、白的梨花、黄的菜花就开始在故乡毫无遮拦地盛开了。当男人们开始沾湿指头点数着钞票的时候，下一季的收获才刚刚萌发。

于是，在这繁花簇锦中，故乡，越发显得让人牵挂起来。

老　屋

老屋其实不老，才建了三十年，比我还小七岁。

老屋是父亲在有了我之后的第二件人生大作品。我其实是在生产队知青工棚中出生的。在陪同父亲下放的知青一个个回城走了以后，因为家里兄弟姊妹多，父亲就一直寄住在知青工棚中。父亲和母亲结婚的时候，父亲在生产队做会计，生产队长看着知青工棚也没有人再住了，就慷慨地送给父亲做了新房。工棚条件简陋，四面是用方方的土块夯的墙基，然后再用泥巴在编好的苇席上糊一层，立在泥墙四面，上面盖的是茅草。据母亲说，工棚里是夏热冬冷，加之是土墙结构，蛇虫百脚时常出没。生我的第三天，母亲在床头还用锄头打死了一条菜花蟒，有两米长，母亲抱着我坐在床头一夜未眠。

1980年春天，一纸调令将父亲调到了大队的土窑做负责人。母亲就寻思着对父亲说："公家有窑厂，买点黏土回来自己烧砖烧瓦，补贴点钱给窑厂，建个房子吧。这工棚住在里面怪瘆人的，跟你结婚七八年，我能跟你过，可总得让孩子们睡个安稳觉吧。"据说当时听了母亲的话，木讷的父亲坐在用砖块搭起的木板桌旁抽了半天的纸卷烟，最后撂下一句话："好吧。"父亲虽然话不多，可是人缘挺好，听说要自己烧砖瓦，生产队长说："窑厂的补贴就不要了，你自己放船到西乡里去买黏土，贴个柴油钱，另外自己准备烧窑的草料，制砖的工人工资你自己出，或者从你的工分里扣，烧窑你自己烧。"就这样经过一个多月的烧制，父亲烧好了一窑的青砖青瓦。

房子是秋天动工的，帮助盖房的匠人是二叔的老丈人。老人家带了一帮小年轻徒弟，对我父亲说："工资就不谈了，小年轻们混个嘴就行。"一天三顿主食，在那个年头基本就是玉米糁子饭。偶尔抓把米放在中间刚巧够一碗米饭，那是给带队的师傅吃的。可就这难见的米饭，帮助建房的师傅还总是偷偷地拨拉大半碗给饿得嗷嗷的我。吃过米饭的我在大人们的忙碌之余也不肯闲着，母亲后来告诉我，盖瓦的那天，我一口气搬了四片大瓦，把肚皮上的皮都磨破了。

一色青砖青瓦的房子终于盖起来了，在那个年代很是惹眼。会拾掇的母亲把屋里屋外收拾得干干净净，四周的田地里长满了绿油油的各种菜，一时间，村里有人家娶了新媳妇，都会拿母亲做比较："你看看某某家大媳妇，人家那屋子里收拾的，多清爽啊！"之后，在这座房子中，我读完小学、初中、高中、大学。到我结婚的时候，迷信的母亲执意要我在老屋中结婚，说这房子建起来这么多年，全家一直很太平，全是托老屋的风水好。

后来由于工作几经变动，我搬离了老屋到了城里。几次想将老宅基地处理掉，年迈的父亲母亲却舍不得那块地儿，有一次已经和人家谈好，就差签协议，母亲想来想去还是舍不得，只得作罢。前年，母亲将老屋内部装修了一通，铺上了地面砖，刷了涂料，吊了顶，另辟了浴间、卫生间，外墙和屋顶依然是青砖青瓦，在如今的农村已经不多见，在一排排的楼房、别墅中间，一如三十年前才建的时候那般惹眼。

元旦回家，越发见得老屋的苍老，但屋里屋外依然是那样清爽干净。母亲张罗着铺床，说：“棉花胎我都晒了好几次了，干松松的，就等你们回来，你看家里多清爽啊！”晚上，我执意要睡在父亲的脚头。

闻着淡淡涩涩的棉花清香，听着父亲微微的孩童般的鼾声，听着有风儿从屋顶掠过，躺在老屋里，我的内心充满了归属感，一种别样的情绪弥漫了整个屋子，我知道，这一种心绪应该就叫作幸福！

麦　香

路过二叔家门口的时候，二叔正在门口的水泥场上扬场，金黄色的大麦颗粒被他用木锨铲着向天空抛去，划出一道漂亮的弧线，麦芒儿、麦穗皮等碎片在风中飘走，麦粒窸窸窣窣地掉下来，撒得整个场上都是。场的另一头薄薄地码放着刚从田间拔出来的蚕豆秆儿，豆荚已经变成了黑色的，二婶弯着腰在挨着次序翻着豆秆，把潮湿的一面朝天。养了十多年的老黄狗悠闲地趴在场边的树荫下，微眯着双眼，看二叔一下一下地扬场，一阵风儿扑面而来，浓郁的麦香弥漫了整个村子。

见我路过，二叔的木锨顿时停下来："娃儿，回来了啊？上来歇歇脚啊！"摸索着从兜里掏出一包皱皱的香烟，还是十多元的红南京。二叔用皲裂的手费劲地抽出一根递给我："上周去帮挖树做小工的时候人家老板给的，呵呵，没舍得抽呢！""那你也抽一根！"我举着打火机伸到二叔面前。"呵呵，算了，我抽不惯这种烟，没劲儿，我还是习惯大白鲨。"说着，二叔从另一个口袋里掏出一根烟，点上，美美地深吸了一口。大白鲨，就是那种三元一包的劣质香烟。"二叔，日子又不是不好过了，也别太省着，抽烟也别抽太次的，越是低价的烟，对身体伤害越大。”“呵呵，习惯了，习惯了。对了，晚上不回去了吧？要不，晚上来陪叔喝两盅？”“我？”原本计划好晚上是要回城里的，几个铁杆儿约好晚上喝酒K歌，望望二叔期盼的眼神，我有些不忍拒绝。也罢，许久没有回来陪二叔了，“好，今晚来，我明天早上走”。

因为留住了我，二叔有些得意地笑起来：“琴儿她妈，侄子晚上来吃饭，你打电话让丫头和女婿也回来陪陪她哥哥吃顿饭。”二叔是叔伯辈里相貌和我父亲最相似的，憨笑起来的眉宇之间，满是父辈的骄傲与怜爱。我小时候有一段时间是二叔带着生活的，母亲因为治疗血吸虫去了外地，父亲跟着去照料，就把嗷嗷待哺的我丢给了二叔。那个时候二叔和二婶刚结婚，还没有自己的孩子，我刚刚断奶，日夜号哭。二叔为了带好我，想出了不少土办法：白天，把椅子侧倒在地上，将我放在四面有围栏的椅子中间；晚上，用绳一头系在我身上，一头系在他的胳膊上，我只要一翻身，二叔就醒了。二叔幼时因为患小儿麻痹症，双手十指肌肉逐年萎缩，如鸡爪一般蜷着。随我爷爷奶奶下放的时候，他还能凭着力气弄了个拖拉机开开，帮人家拖拖东西，再弄个脱粒机，脱玉米粒，此外打麦、耕田都干过。直到我两个妹子相继出嫁，他才算松了一口气，但是他那年轻的身板不再，背都开始微微驼了。

晚饭很是丰盛，我到厨房帮助端菜的时候，二婶偷偷告诉我，二叔下午就早早地收了工，上街买菜去了，逢人就说：“我侄子晚上来家里吃饭，我带大的那个侄子，我到街上买菜去。”我能想象得到二叔对人说这番话时骄傲的姿态，因为他一直把我当成他的骄傲！席间，酒过三巡，二叔的话渐渐多起来：“现在年景好啊，侄子你没印象了。当年带你的时候，你刚刚断奶，又是青黄不接的四月份，你天天把个小手含在嘴里哭，唉，粮食也接不上啊。不过，现在都好过了，我们农民佬儿的日子也好过了，今年我的收成相当不错。”我听得有些泪眼迷蒙。二叔说的这一段往事，在我后来成年懂事的每一年中，母亲总会告诉我：刚断奶的我因为没有细粮吃，二叔半夜起床偷偷到生产队的责任田里去抹刚刚灌浆的青小麦粒，回到家里把青麦粒用他那双佝偻的手，几乎是一粒粒慢慢搓去麦芒，然后放在锅里炒熟了，再放到石磨上慢慢碾碎，用开水冲了喂我。刚结婚的二婶怀上了，嘴馋得也要吃，就冲了半碗喝了，被二叔回来知道后，铁青个脸盯着二婶半晌不吱声，要吃人似的，吓得二婶再三保证不会再吃我的细粮才作罢。

我知道二叔的情结，源自农村所说的“侄子是半个儿子”的说法。二婶接连生了两个女孩，用农村的眼光看待，二叔一直觉得低人一等。因而，他把他所有的爱都转移到我的身上，只是，他不会用语言去表达，也不会明明白白地说出来。

离开二叔家的时候，二婶硬塞给我一个布包，我以为二婶又装上了什么好吃的给我，推辞着说：“城里什么都能买到，留着你们自己吃。”“不是，是大麦糁子，你叔下午才去新磨的，新上场的大麦，香着呢，带到城里熬粥喝。”

我打开一看，半袋子白花花的大麦肉粒，粉粉的、嫩嫩的，一阵奶茶般的浓郁麦香在我面前弥漫开来。回头望望依然坐在桌边小酌的二叔，屋前空旷的田野里有风吹过，麦秆儿青涩的味道钻入我的肺里。刹那间，有咸咸的泪珠滑过脸庞。我知道，我再也离不开眼前的这片土地，这片生我养我的土地，这片充满着麦香的土地！

荠　菜

岳母从乡下托人带来了一袋荠菜，一直放在厨房角落里没有理会。前天在翻家里的蔬菜存货时，才发现还有一袋荠菜。因为存放时间长了，叶子都蔫了，妻子说恐怕不能吃了，要拿出去扔了。我说，用点清水泡一下，荠菜就是这特性，一泡水，就涨开了。其实不想扔掉的原因远不止于此，我知道，这一袋荠菜，是岳母弯着罹患腰椎间盘突出的腰，在田地里一棵一棵铲起来的，我小时候就经常这样弯腰挑着荠菜。

幼年最喜欢做的事情就是挑荠菜，因为挑荠菜就意味着全家要改善伙食打牙祭了。清晨睡得懒洋洋的时候，妈妈总会叫醒我和哥哥："去，去挑荠菜去，晚上包饺子。"禁不住荠菜饺子的诱惑，我和哥哥一骨碌爬起来，挎个小篮子，拿上小锹，沿着田埂一路寻找过去。那时候，田里长的庄稼单一，除了麦子就是棉花，别的杂草在勤劳的农民拾掇下，总不见踪影，可是，只有荠菜，农民是舍不得作为杂草铲除的。田埂上的荠菜是天然野生的，它不像麦子可以成片地长着，也不像其他蔬菜一畦一畦的，它就凌乱地在沟畔、田埂上长着。有紫红色的，光亮耀眼；有绿油油的，大叶招摇；有些长得颀长，翠嫩欲折；有些长得肥厚，给人一种凝滞感。挑荠菜是一个技术活儿，很有些讲究：一锹铲得浅了，荠菜就容易散架，不好挑拣；铲得深了，附带的泥土多，不易弄干净。要用小锹挨着荠菜的根，薄薄地铲一下，然后用手拢住整棵荠菜，轻轻一拔，微微甩一下泥土，整个荠菜就完整地挑出来了。一个晌午下来，挑一篮子荠菜也是腰酸背痛的。

回到家以后，大人们将挑来的荠菜一棵一棵地用剪刀剪去根部和黄叶，再用清水洗几遍，洗去泥土，然后用一个大盆子将荠菜泡在里面。刚刚还蔫蔫的叶子，有了水之后，立即变得鲜艳起来，仿佛久旱的土地，一个劲儿地吸足了水。清洗好了的荠菜，可清炒，那是早晨吃粥最好的佐餐；也可以剁碎了包饺子，白皮绿馅儿，像翡翠般晶莹剔透；还可以用开水焯过后晾干了，成为咸菜的替代品。作为野菜的特有品种，荠菜包的饺子是最佳的菜肴，将荠菜挤水或者焯水后，和上一点肉，搁一点虾米、蛋皮，做成饺馅儿。我记得幼年的时候，晚上全家坐在桌边，等妈妈在锅灶下饺子。水沸腾了，饺子下锅，烧开水后，揭开锅盖，一阵荠菜特有的清香顿时弥漫开来。这时候，最要紧的是深吸一口气，那阵荠菜的香浓味儿便钻进了五脏六腑，钻到了全身每一个毛孔，甚是惬意。饺子端上桌来，孩子们照例是狼吞虎咽。尽管烫得稀里哗啦，席间只听见喉咙吹风的声音，但转瞬间，一盘饺子风卷残云般被消灭干净。几轮吃下来，总会斜靠着椅子，摸摸肚皮：真香啊！偶尔还打个嗝儿，一股荠菜的味儿。那时候觉得荠菜饺子就是天下最鲜美的食物了。

望着盆里已经吸满了水、涨得溢过了盆边沿的荠菜，我对儿子说："今晚，我们包荠菜饺子吃！"儿子雀跃起来，我知道，他的欢呼是因为可以间杂其中帮忙包饺子玩耍，却不知，我的心，被盆里的这些荠菜迁往了很远很远的时光！

丝　瓜

因了这几日充沛的雨，院墙上的一棵丝瓜藤疯长起来，宽大的叶一片叠着一片，蜿蜒的茎蔓交错着附着物一丝不苟地匍匐前行。大的丝瓜已经悬挂下来，一根一根的，错落有致地排列着，即使有了花蕾的骨朵儿也渐显膨胀的趋势，间或还有一些淡黄的丝瓜花夹在其中。

对于丝瓜，我有着浓郁得化不开的情结：农人是离不开丝瓜的。小时候，在农村老家里，丝瓜是唯一一种除了冬季外随时都可以当作主要菜肴的蔬菜。它不需要特定的生长环境，门前的空地里，屋后的树脚下，田埂上，墒沟边，甚至在茄子、豇豆、青椒的菜畦旁，用小锹随意挖开一个小口子，点播上一两个种子即可。农村的土壤到处充满着灵性和肥沃，播下的丝瓜种不需要你特意呵护和浇灌，播下去后就只等着它发芽、成长、收获了。长高了的丝瓜，唯一要做的就是用一两根竹竿或者芦柴秆给它搭一个架子，不经意的几天间，你就会发现它已经爬满了整个架子。也有人家将丝瓜种在树脚下，丝瓜会借助树干慢慢爬上去，太高大的树，不容易采摘成熟了的丝瓜。记得幼时厨房门前是一块空地，勤劳的母亲总是适时地在空地边上种上一排丝瓜，待放藤后，便用芦柴秆搭上一个方方正正的架子。等炎热的夏天来临的时候，丝瓜藤已经蔓延了整个瓜架，架子下的一方空地便成了酷夏里最佳的纳凉地：早晨，母亲会端出早就煮好的玉米糁子粥，炒上一碟子自家腌制的咸菜，在瓜架下放上一张小桌子，一家四口人围坐着，稀里哗啦地喝着奶香的玉米粥；午间，母亲摆好自家的各式小菜，招呼全家坐下，父亲照例会打开那台老式的红灯收音机，一边听着单田芳的《杨家将》，摇着蒲扇，一边端起小酒盅，仰着脖子“咕咚”一声，然后美美地咂巴着；傍晚时分，夕阳在西天只露出半张脸的时候，父亲在瓜架下用两张大凳搁置一张竹床，母亲将早早洗过澡的我和哥哥撂到竹床上。竹床的一侧照例是吃饭的桌子，主食依然是玉米粥或者大麦糁子粥，再煮上几个咸鸭蛋，水煮的蚕豆散发着蒜瓣的香味，呛瓜里滴着黄黄的菜油。吃过晚饭后，我和哥哥就躺在竹床上纳凉，露水下来的时候，身上也不会潮湿，因为上面有厚厚的丝瓜架挡着。母亲用蒲扇为我们驱赶着蚊子，直到深夜父亲将熟睡的小哥俩一个一个抱进屋里。

成熟了的丝瓜要及时采摘，不然一两天就会老了。老了的丝瓜也是宝，晒干后可以用它的瓤子来刷洗锅碗瓢盆。记得巧手的母亲能将丝瓜做出很多的美味佳肴：或是生炒，加上一点新剥的黄豆米，翠绿欲滴；或是与文蛤相炖，鲜得直沁人心；或是舀上一碗水，磕一两个草鸡蛋，薄薄的丝瓜蛋汤最好是等稍微凉一点，能一口气喝下去，甚是解暑，甚是惬意；或是将丝瓜皮切丝，与青椒丝、茄子丝和在一起煸炒，丝瓜的香味混合着青椒、茄子香，随着夏风能飞出去很远很远……

现如今，丝瓜依然是这个小城人们餐桌上的最爱，我也常常从市场上买一两根丝瓜回家佐餐。只是，怎么吃，也吃不到幼时丝瓜的那个味儿了！

无处安放的蒲艾

端午将至，空气中弥漫的不仅仅是粽子的粽叶蒸煮之后浓郁的清香，还有菖蒲和艾草混合搭配的味道，既有蒲草特有的清新，也有艾蒿那直沁心底的独特中药味儿。

沿路上三轮车停留在某个巷道口，骑车人躬身驼背，口中不停地喊着“蒲艾啊，蒲艾啊！”悠长的声音穿透了清晨薄薄的雾霭，唤来了早起的长辈们，一窝蜂地拥向三轮车。叫卖者此时便是满脸堆笑：“买上一串蒲艾，避避邪，图个吉利。”于是从身后的三轮车上，左手捻出三四根长剑似的菖蒲，右手抽出两根艾草，两手再合并在一起递给那些满脸微笑的长辈们。钱一例是少不了的，叫卖人只是腼腆地笑着说：“钱没事儿，随便给，赶不上一个做工的钱，只是让大家图个吉利。”不一会儿的工夫，巷道的人流逐渐多了起来，人们或停留问候，或是颔首低眉，而手中一律都拿着赶早市买来的还沾满露水的菖蒲和艾草。

端午节在门口挂艾草、菖蒲，这个习俗古来已有。菖蒲为天中五瑞之首，象征着祛除不祥的宝剑。因为生长的季节和外形被视为感“百阴之气”，叶片呈剑型，插在门口可以避邪，所以方士们称它为“水剑”，后来的风俗则引申为“蒲剑”，可以斩千邪。清代顾铁卿在《清嘉录》中有一段“截蒲为剑，割蓬作鞭，副以桃梗蒜头，悬于床户，皆以却鬼”的记载，晋代《风土志》中也有“以艾为虎形，或剪彩为小虎，帖以艾叶，内人争相裁之”的描述。艾草代表招百福，是一种可以治病的药草，插在门口，可使人身体健康。艾草在我国古代就一直是药用植物，针灸里面的灸法，就是用艾草作为主要成分，放在穴道上进行灼烧来治病。有关艾草可以驱邪的传说已经流传了很久，主要是因为它具备医药的功能，宗懔的《荆楚岁时记》中就有记载：“鸡未鸣时，采艾似人形者，揽而取之，收以灸病，甚验。是日采艾为人形，悬于户上，可禳毒气。”一般人也有在房屋前后栽种艾草、以求吉祥的习俗。

而我对菖蒲和艾草的记忆，却是来自那遥远的童年。记得小时候，每到端午前后，母亲便早早地到门前的小河里收割菖蒲和艾草。菖蒲主要收割它的果实，与艾草一起翻晒干后，便用草绳捆扎起来，悬挂在正屋的大梁下面。每天母亲用锅塘烧开满满一锅洗澡水的时候，便到正屋去摘下几片艾草的叶子放到滚开的水里，不一会儿整个厨房里都弥漫着艾草的清香。母亲像剥笋似的，将玩耍得满身是泥灰的我和哥哥扔到洗澡的长木盆里，木盆里早已经是掺和得不冷不热的艾草水，洗在身上一阵的清凉。这种感觉一直到多年以后，我开始有条件购买六神花露水放到澡盆里洗澡才再次领略到。洗过澡之后的哥俩便爬上了已经搁置好的竹床上面，母亲在竹床的旁边点上一枝菖蒲的干果，插在一只酒瓶中，袅袅上升的青烟在傍晚的微风中四处散开来，刚才还在身边“嗡嗡”作响的蚊虫一会儿的工夫就不见了踪影。端午节的前后三天，母亲会用一小截红头绳捆上几根菖蒲叶子和艾草，扣在正屋的门环上面。看着母亲每次虔诚的样子，我曾经问母亲为啥要挂着菖蒲和艾草，母亲说有了菖蒲和艾草在门外把守着，端午节左右出来四处游走的孤魂野鬼就会退避三舍。那很多个夜晚，等到菖蒲的干果燃尽之后，我和哥哥便带着点滴的露水躺在屋里的床上，听着窗外风儿“呜呜”从屋顶掠过，猜想着有怎样的恶鬼会因为我家门前的菖蒲和艾草而从门前经过不作停留？

昨天，打电话回去时，电话是母亲接的。母亲再三叮嘱要在门前挂上菖蒲和艾草，说没有的话她就从老家送过来。我笑着说这城里什么都有的买。然而，当我真的从市场上也凑热闹买回一把菖蒲和艾草后，我久久地站在门口，不知道应该悬挂在什么地方。

其实，我的内心明白，菖蒲和艾草还是幼时的菖蒲和艾草，还是散发着那样独特的清香，只是，在这个钢筋混凝土构筑的城市里，我已经无法找到儿时的记忆！我丢失的不仅仅是记忆，还有无处安放的菖蒲和艾草！

豆荚儿青青

父亲打电话来的时候，我手头正忙得不可开交，又不好挂了电话，就听见电话那头父亲有一句没一句地说着：“这几天农村里的菜也是青黄不接，新一茬的菜还没有长出来，老一茬的菜已经开花不能吃了。倒是屋后的几畦豌豆长势旺人，清早起来摘了一篮子给你们捎去了，你要记得去拿。”“我记得孙儿最喜欢吃豆荚涨蛋，味道鲜着呢，我晓得你们忙，带去的豆荚儿我已经把边茎都撕掉了，用水冲一下就可以下锅了。”

我在电话中对父亲说：“下次你不用撕了，带给我们自己撕，你手不方便，有些事儿就不要太操心了。”那头传来父亲的一阵叹息：“做父母的心都是这样的，在城里买这买那的也不方便，这是自家种的。何况这豆荚季节性很强的，过了这段时间就吃不到了，你们一下子吃不了，可以用保鲜袋装好放在冰箱里冷藏，能吃好几次呢。”

中午下班，我拿到了父亲捎来的豆荚儿，一根根颗粒饱满，绿滴滴的，形似月牙儿，边茎都已经收拾干净了。望着方便袋里的豆荚儿，我心中有股酸楚。几年前父亲就得了轻微的帕金森综合征，两只手总是不听使唤地摇摆着。我无法想象父亲那一双不停颤抖的手，在撕豆荚边茎的时候，他需要克服怎样的不便，需要用多大的力气才能做到将一根根豆荚挑拣干净。成长岁月中，最怀念的就是这青青的豆荚。豌豆是农人最不需要打理的蔬菜，杂草在豌豆苗强势的排挤下，只能蜗居在豆蔓的根部，甚至在豆蔓铺满整个豆架的时候，那些杂草因为终日不见阳光而自行枯萎，成为豆苗天然的养分。初春时分，舍不得房前屋后“十边地”被白白浪费，父亲总是很早地就在河畔、田埂、菜畦边用小锹破开土，挖一个很浅很小的塘儿，搿上一两粒豌豆种子。等到一场久违的春雨过后，豌豆苗儿便疯了似的争先恐后从土中钻出来，只是三五天的时间，豌豆苗儿便有了一尺多高。这个时候，父亲便会砍来一些芦苇棒，挨着豌豆苗的根插下去，再将豌豆苗缠绕到棒上，只要几天的工夫，就会看见豌豆苗的藤蔓沿着芦苇棒蜿蜒而上。大约一周的时间，豌豆开始开花结果，仿佛也就是一夜之间，第二天清晨就会看见豆架上已经挂满了青青的豆荚，饱蘸着露珠，一根根垂下来，翠绿欲滴。

不要小看了这小小的豌豆荚，在相当长的时间内，尤其是物质匮乏的那个年代，打春之后的青黄不接时，这豌豆荚就成了农人的主菜，甚至是救命的食粮。记得那个时候，母亲能将豆荚做出不同的口味儿来：或是加一点蒜瓣清炒，装在盘子里如一片一片鲜嫩的肉片，肥而不腻；或是烧汤，放上一瓢水，只要加点盐，汤就变得青绿青绿的，不需要加味精就很鲜很鲜；或是打上一两只鸡蛋放在饭锅里蒸，碗中白的蛋清、黄的蛋黄、绿的豆荚，恍若一幅写意的油画。傍晚放学回来，我和哥哥放下书包的第一件事情就是飞奔进厨房，寻找中午吃剩的豆荚汤，不管三七二十一，“呼噜呼噜”地喝上一大口，鲜味直沁五脏六腑，心里霎时就得到一种安宁与祥和，这安宁与祥和是别的物质环境所体味不到的。儿子出生后初开食，喂饭的时候总不由自主地往外吐，榨菜、萝卜干、咸菜都试过了，儿子就是不肯好好进食。父亲说孩子吃不到咸气和鲜味，就尝试着喂了儿子半片豆荚，儿子吃得“砸巴砸巴”的，开始会进食了。打那以后，父亲无论多忙，每年都会记得种上几畦的豌豆，每到豆荚成熟的时候，它就成了我家餐桌上必不可少的一道菜。

回到家中的时候，妻子已经将饭烧好了，我拎着豆荚儿对儿子说：“爷爷带豆荚儿来了，今天中午咱加餐。”儿子雀跃起来，我在锅中翻炒着豆荚儿的时候，看着青青的豆荚，想起了手不停颤抖的父亲，想着父亲一根根撕着豆荚的样子，嘴唇边有咸咸的液体默默流过。我知道，我的生命里，已经不可阻挡地融入了这青青的豆荚儿！

菱角儿尖尖

兴化友人打电话来相邀去采菱的时候，已经接近菱角上市的尾声了。

对于菱角的记忆，一直是在心灵的最深处。幼时，堤东地区偶尔有生长菱角的池塘，老家门前的池塘里就曾经有过。一到中秋节左右，满池塘的菱叶就慢慢地伸展开来，特别是一场不大不小的雨后，原本还略显瘦弱的菱叶仿佛一夜之间就吸足了水分一样，铺满了整个池塘。七月是菱花盛开的季节，它就像羞答答的少女一般，微微绽开笑容，没有玫瑰的热烈，没有蔷薇的刺目，没有一串红那样张扬，倒是开得像满天星一样，在池塘里星星点点。有紫色的，有纯白色的，有粉色的，每棵菱上像缀满了钻石一般，惹人怜爱。临近中秋的时候，菱角成熟了，此时便是采菱的最佳时机。堤东地区采摘菱角，基本上是用一只硕大的木头澡盆浮在河面上，人坐在澡盆的中间保持平衡，微微探着身体，将澡盆周边的菱一棵棵翻将过来，每一棵菱的下面根须上总挂着几枚菱角，采摘好的菱还要原样放回河里，然后再小心翼翼地用手划水行进着。天然的水面总能给收获的季节增添几分惊喜，不大一会儿就能将澡盆装得载不动。澡盆吃水很深，需要人慢慢地划到岸边。

再后来离开老家上学工作了，老家的池塘也承包给了私人，密布着养鱼的网箱，不再生长菱角。后来见到菱角，是在每年的中秋前后，在出差途中的汽车上，在城市的大街小巷，有人叫喊卖煮熟了的菱角，看上去都黑乎乎的，全然没了幼时记忆中青青的模样。

去兴化采菱的那个下午，八月的阳光依然很灿烂。来到友人家的时候，友人的老父亲已然在前一天下河采摘了一番，提着一篮子的菱角招呼着我："就别下河了，已经到了晚期，菱角不太多了，而且菱角戳手，不好采摘，我昨天已经采好了一些留着你带回去。"对于老人家的心意，我颇是感动，然而站在河畔看着满河的菱的时候，终究是忍不住跑到了水边，捞起了一枚菱角左看右看，不忍释手。友人知会我意，拿起篙杆、撑起小船："走，下河看看去。"小船儿在友人的摆弄下，荡漾进了菱区，儿子有些雀跃起来："爸爸，这里有菱！爸爸，那里也有一棵！"我在儿子不住声的催促中，轻轻撩开水面上的菱，抓住菱的大叶翻过来，在根部累累地挂着几枚菱角，有白色的，有淡红色的，有灰色的，儿子伸手便去抓。"哎哟，刺了我一下！"我笑起来："采菱是有讲究的，你这样抓着，不被戳着才怪。长熟了的菱角轻轻一别就下来了，嫩的菱角才要用力摘，你要区分一下！"我一边示范着，一边招呼儿子将船舱里我采摘的菱角放到篮子里。友人见状嬉笑："原来你会采菱、懂采菱啊！"

趁着兴致，我剥开了一枚刚刚采摘的菱角，肉质白嫩，呈凝脂状。轻轻地咬上一口，舌尖上初感到的是淡淡的青涩味，轻嗑唇齿，一股奶香的菱角味儿充盈着整个味蕾，汁水如乳，甘甜如山泉，儿时的记忆在河边掠过的略带河水腥气的秋风中浮现出来，菱角依然是那样香！

回来的路上，看到路边依然有卖菱的地摊儿。儿子却对我说："爸爸，回家我要吃我自己摘的菱角！"我扭头看窗外里下河典型的河汊风貌，因儿子的这句话而内心感叹不已：岁月的场合也许会渐渐磨去我们人生的棱角，却抹不去记忆中尖尖的菱角，这就是生活！

满城尽是春卷香

打春了。尽管还有点儿寒意料峭，但春天的阳光已经格外明媚起来。春节年味儿意犹未尽，和煦的春风中还有一阵阵春卷的香味儿弥漫着。

在居住的小城，春季来临的一大特色便是大街小巷做着春卷皮的各种小摊，几乎在城市的每一个巷头巷尾都有这样的摊点，一直要延续到暮春时分才逐渐停工。摊点不大，一个小炉子，炉子上搁置着一块厚厚的平面铁板。为了防止炉火四溢，摊主通常会在上风的地方撑一把大伞，也有的在炉子的四周用一个大纸板箱套着，讲究的则用木板钉成一个方方的木套挡在四周。面粉是做春卷皮的唯一原料，用水调和得稠稠的。太烂则做出的春卷皮较厚，影响口感，太糯了则容易破损，要将面粉调和得能一把抓上手，拉成的丝有一尺左右才刚刚好。春卷皮是现做现卖的，放的时间长了凉了以后也容易破损，不易包馅儿。做春卷皮的大多是四十岁以上的女性，在一切准备妥当以后，便开始操作了。我时常惊讶于中国女性的韧性，这从做春卷皮中也能看得出来。只见大嫂们细细问过客人大约需要多少春卷皮后，从身旁的红提桶里抓上一把调好的面，用干净的抹布擦拭一下烧得微热的铁板，在做的过程中左手不停地甩动着手里的面团，将面甩得更有韧劲，轻轻在铁板上一摁，顺势一提，铁板上就留下了一块圆圆的白色的面状物。待四周微微翘起的时候，再用右手的小手指指甲在四周挑一下，用拇指和食指往怀里一拉，一张完整的春卷皮就做好了。上好的春卷皮以半透明、均匀而不破损为最佳。

春卷的馅儿一般是提前做好的，有韭菜的、青菜的、大白菜的、荠菜的，也有海鲜虾仁馅儿的。最好吃的当数荠菜馅儿了。将荠菜剪去根部泡好水后，放到开水里焯一下，微微挤去水分剁碎，再拌上一些肉末、蛋皮末。包春卷的肉一定要是五花肉，要带点儿肥，这样春卷吃起来才更加香。有些馅儿还放一点儿五香茶干的碎末，放上盐和味精，搅拌以后就可以包春卷了。包春卷是一个细活儿，将买回来的春卷皮用湿湿的热毛巾捂着，另用一个小碗盛点儿清水备用，将适量的馅儿放到春卷皮的一侧，形成一个长条形，微用力卷到春卷皮一半大小的时候，将两头向中间折上，然后再继续卷，剩下一二厘米左右距离时蘸上点儿清水抹一下，再卷上，在桌上用手抚平，外形如蜡烛，一个完整的春卷就形成了。荠菜馅儿的春卷看上去晶莹透绿，白皮绿馅，煞是好看，堆在盘子里如粉妆的玉臂。

春卷是一种荤素兼备的迎春美食，且有主副兼备、清淡不腻、味美好吃、风味独特的特点。大诗人杜甫在春游时曾经写下“春日春盘细生菜”的诗句，其中“春盘”即为现在的春卷。清代林兰痴写“调羹汤饼佐春色，春到人间一卷之”，这是对春卷最简约、最形容的描绘，其中“春”为季节性，“卷”为吃法。煎春卷是最后一道工序，我自认为豆油煎出的春卷最为可口。炸好的春卷外皮呈金黄色，咬上一口先是感觉脆脆的，细嚼一口，馅儿软中柔韧，特别鲜美，荠菜、五花肉、蛋皮等清香的特质一瞬间充盈了整个味蕾，唇齿留香。

其实，吃春卷，吃的是一种对春的向往和怀念！

第三辑　风情永远

转身，你就会看见我

一

写这个题目的时候，手头正在看一篇网络文章《为了你能看到我》。还有两天就元旦了，窗外依然寒意料峭，新年的脚步越来越近，北风的肆虐在窗外发出“呜呜”的叫声，但是看这篇文章的时候心中温暖依旧，特别是被那些话语打动：“孩子，前几天为了锻炼你，我送你，却不送你过马路。我站在这边看你有些慌乱地过着马路，走出送行的人群后你又习惯地回头找我，那时我看到你有些茫然了，粗心的你找不到我，看了几眼只好埋头进去。有时恰巧能看到我，你又习惯地挥挥手，而没有看到你叫‘妈妈再见’的嘴形，突然觉得有些甜蜜地心痛。”“亲爱的孩子，虽然我筋疲力尽，可是只要你还需要，我依然会用自己的毅力给你安全，让你一直看到我的身影，直到你能娴熟地穿梭于人生的每个路口。”“孩子，我虽然疲惫，可是我的心依然为你柔软着，那柔软就藏在我对你严厉的面容后面，就游离在你我回首再见的那个默契的挥手之间。孩子，就让我站在你能看到我的地方！”

这是一个母亲写给孩子的话，读这些语句的时候，我的心莫名地颤抖着。“孩子，就让我站在你能看到我的地方”，一个母亲伟大而平凡的承诺，该承载着怎样的爱意？从呱呱坠地到咿呀学语，再到蹒跚走路、长大成人，母亲该做出了怎样的牺牲？有多少个夜晚，母亲放弃娱乐的时光陪伴孩子读书！有多少个黄昏，母亲站在上学的十字路口等待回家的孩子！有多少个晨曦划破天边的时候，母亲已经在忙碌着早餐！我写下这段文字，不为赞美母亲，只是希望所有享受着母爱和曾经享受过母爱的人，又是一年新年到，要学会感恩！

二

十年前，我的母亲要动一个手术，全家人众星捧月般围着母亲送她进手术室，进去前母亲忽然紧紧拉着我的手说：“娃儿，我要进去了，你能不能站在手术室的窗外，让我一直能看到你？”我流着泪对母亲说：“你放心好了，我就站在这里等你出来！我会一直站在这里的。”手术架上的母亲眼角流出了泪水，我知道母亲不是害怕去做这个手术，病魔的疼痛已经不能折磨母亲，母亲担心的是能否平安地看到我，而我，站在手术室的窗外，就是母亲心中一道温暖的风景线！

一直到母亲麻醉过后醒来，我都守在床边，拉着母亲的手不肯离开。母亲睁开眼睛第一眼就看到了我，她微笑了！我能感受到母亲因为强忍疼痛身体微微发出的颤抖，但是，母亲还是笑了。我知道，这是因为母亲一直看到了我，从术前到术后，我都在她失去记忆的最后的片段里，我都在她恢复记忆的最初的时光里，这对母亲而言，该是怎样的幸福与荣耀？因为她知道，孩子一直守候在她的身边！

那一年的元旦，破天荒地所有家人都到齐了，那一顿辞旧迎新的晚餐，我吃得不多，却充满了甜蜜！没有喝多少酒，但我却醉了！

三

一元复始，万象更新。漫天的黄叶，飞舞的雪花，都冲淡不了浓浓的暖意，而这暖意，来自家的温暖，来自亲情的温馨，让人心更缠绵。经历了太多的艰难，才倍觉家的幸福。亲情、爱情、温情齐齐在这里驻足，享受着人间的天伦之乐。

窗棂上的霜花满心惬意地告诉我们，所有的期待与希望，一切的向往与憧憬正向我们走近。新年到了，那句著名的诗句又在心底浮出来：冬天已经来临，春天还会远吗？一切的一切都在向着春天融合，而这一切，都是因为心中有爱！

一个转身，不为别的，我只是希望你能看到我！

等你，回家过年

一

再有两天就是除夕了，窗外已经稀稀拉拉地响起了欢庆的鞭炮声。电视里“咿咿呀呀”地放着王宝强的歌曲《有钱没钱回家过年》，歌词很是撩动我的心弦：“有钱没钱，回家过年，家里总有年夜饭，都说外面的世界很精彩，精彩中也有许多无奈，有钱没钱，回家过年……”

曾经读过一个小故事：临近春节，妻子发现丈夫近来不是说加班就是说在应酬，回家的时间越来越晚。于是她跟踪丈夫，发现丈夫每天下午下班后都要亲自到菜市场买上几个菜，然后去一个小区的某户人家，待上一两个小时后才返回家中。妻子以为丈夫在外面有了别的女子，在腊月二十九的那天，终于按捺不住气愤敲开了那户人家的门，发现出来开门的人竟然是自己的婆婆。原来当初她嫁给他的时候，寡居二十多年的婆婆激烈反对，但是两个人最终还是结婚了，她婚后提出的唯一要求就是不和婆婆在一起居住。随着婆婆年龄越来越大，夹在中间的丈夫万般无奈，只好每天抽出时间先陪母亲吃一顿晚饭，然后再回到家中。善解人意的妻子明白这一切后，深深为自己的胡闹感到内疚，她对丈夫说："明天是年三十，我们一起回家陪妈妈过年。"

其实，过年的感觉就是家里所有的人都团聚在一起，所有的家人无论富贵贫贱，从天南地北乘着不同的交通工具赶着在除夕到达，目的地却只有一个，那就是家！过年，传承这么多年的一个节日，也就是在呵护着每一个家啊！

二

近来看新闻，最揪心的就是看到农民工兄弟的摩托大军回家过年，不知道是有意还是无意，我总能在画面中看到记者拍摄的那些民工的家人在家盼着在外忙碌了一年的亲人回家过年的情景，有满脸皱纹的老父亲蹲在车站外守候，有白发苍苍的老母亲站在村口东张西望，有善良贤惠的妻子不时丢下手里的活儿出门倾听那匆忙的脚步声，他们的心中都只有一个愿望，那就是：等你，回家过年。

昨天，母亲在电话里也和我说了同样的一句话："娃儿，今年等你回家过年呢，我这几天天天站在门口望啊。"母亲的话说得我鼻头酸酸的：进城里工作快四年了，尽管平时有空的时候也偶尔回家看看，但是，我在电话里听出母亲盼望我回家过年的心情竟是那样急切。"过年了，不求你大富大贵，平安回来就好，年三十夜，一家人一个不缺地在一起就好。"识字不多的母亲说不出什么大道理，她执拗地认为：过年了，儿子就应该回家。我无法想象从进入小年夜后，不知道儿子归程的母亲有多少次站在门口张望，然后失望地回到屋里。电话里，我很肯定地告诉母亲：今年春节，我回家！

过年了，家家户户灌香肠、腌制腊味，服装店里也忙活起来。其实，过年吃什么不重要，山珍海味也比不上那满桌浓郁弥漫的亲情！穿什么也不重要，貂皮狐裘也抵不上家中那火红锅塘的温馨！心中有亲情，心中有家，这年，就过得很舒心！

三

大红的灯笼挂起来，欢快的锣鼓敲起来，春节、过年，过年、春节，又是一年春来到，孕育了整整一冬的深情都很写意地倾泻而出。春天的脚步声越来越近了，回家的路也越来越近了。

窗外寒意依然料峭，还飘起了丝丝的小雨。尽管还残留着冬季的特征，但是，就是这料峭的寒意，就是这无声的小雨，永远阻挡不了回家的路，永远也抵消不了家的温暖。

回家过年吧，记着，你的家人在等你！

等你宛在水中央

一

“游过了四季荷花依然香，等你宛在水中央”，写这行文字的时候，正听着凤凰传奇的那首《荷塘月色》。空灵的音乐声中，夹杂着潺潺的溪水流淌的声音，煞是好听。我不知道这首歌和朱自清先生那篇脍炙人口的散文有什么相通之处，但是，我知道“等你宛在水中央”是出自《诗经·秦风》里那首《蒹葭》:“蒹葭苍苍，白露为霜。所谓伊人，在水一方。溯洄从之，道阻且长。溯游从之，宛在水中央。”一边听歌一边读诗，泡上一杯菊花茶再重读美文，目光所能触及的地方，朱自清先生月下荷塘的氤氲之气都在面前的茶杯中升腾起来。

不由自主想起前不久一位文友写的《左眼微笑右眼泪》，篇章中的文字很能打动人的心弦:“你掌心的温度，一如深秋的暖阳；和老公并肩走在步行街，他依旧习惯地走在我的左边，静默不语；在我不小心被淘气的孩子用滑板撞伤脚骨时，他依然会紧张得汗如雨滴……细微之处震撼之后才明了，此生的约定还没有走到尽头啊，就算是左眼微笑右眼泪，也是前世今生的缘分。”

缘分与幸福，原来只是在点滴的呵护和关爱之中，便得到了无限的满足。

二

读过一则小故事：一个教授娶了一个目不识丁的农村女子，总是被人耻笑。他拟好了一纸离婚通知书，但由于匆忙去上班，未及读给妻子听。妻子在洗衣服的时候，将协议书不慎碰到了水盆里，很是惶恐，以为是丈夫很重要的公文或作品，就捞出来一张一张地用熨斗烘干。教授回来的时候，刚好看见大字不识的妻子正细心地熨烫着那纸离婚协议书，满脸通红地对他说：“我不是故意的。”教授在那一瞬间知道，尽管妻子是个白丁，但是他今生今世再也离不开这个女人了。

我们总是认为，婚姻如鱼饮水，冷暖自知。其实，走进这个城堡的人，不是走进了一座围城，而要将婚姻经营成为一座殿堂。不要老想着去突围，去打破婚姻的枷锁，而要多想着对方。在柴米油盐酱醋茶中，在弯腰为你系鞋带的时候，甚至在你坐在马桶上忘记带手纸时，大声疾呼之下就丢下饭碗拿着手纸站到你面前，这个人，就该是你此生最大的幸福和最安全的依靠了。

三

无数次想过，爱是什么？找不到最准确、最符合的答案，因为个人的认知和感觉不同，答案也就不同。但有一个要素是不能缺的，那就是彼此关爱。

小区里常看到一位老者推着残疾人的椅子在小区里散步，椅子上坐着的是一位老年痴呆的老嬷嬷，老者不时低首在她耳边细语着，老嬷嬷便开心地笑起来，一直微笑着保持不变。我问过那位老者：“她能听懂你对她说什么吗？”老者很干脆地告诉我：“不能。”“那她为什么会笑？”“她患上老年痴呆症的时候，就一直傻笑个不停，我不对她说话，她也总是笑着的。我知道她听不懂我说的话，但是，我能看到她始终微笑着，我的心里就坦荡了许多。至少，我得让她知道，我一直在她的身旁。”

每天微笑着！多么富有诗意的话语，且不去论这微笑背后的含义，就看他们俩相濡以沫、执子之手的那份执着，就让所有见到他们的人为之感动、为之钦佩。

四

四季交替，终有一天，你我都会老去。只是，你我彼此是否都能够守候在奈何桥畔，拒绝饮下那一碗孟婆汤，在三生石上刻下那句誓言，千年回眸，百年约定。奈何桥下几千丈，云雾缠绕，等待来生的是什么，谁也不知。而来生的约定，只是今生的后续；来生的相见，只是重新的开始。这一世的缘，开始于斯，守望于此。奈何前世的离别、今生的相见，无奈来世的重逢。

听一首歌，默然。然后，我站在彼岸看你，在轮回的血河池上，等一朵花开，宛在水中央！

向东是大海

初夏时分回到老家的时候，路边一畦一畦的油菜籽荚正沉甸甸地摇摆着，颀长的麦秆儿顶着微黄的麦粒齐刷刷地排着方阵。忽然想起了“环肥燕瘦”的说法，倘若这肥硕的菜籽荚是“环”的话，那修长泛黄的麦子就应该是“燕”了。空气中弥漫着不知名儿的香味，有麦子的清香，有菜秆的青涩味儿，还有布谷鸟饱含韵律的叫声。

三叔正在门口卸着摩托车上一网兜的文蛤，我走上前去和三叔打个招呼，三叔咧开嘴笑了：“赶得早不如赶得巧，馋猫儿鼻子尖，等会儿走，我刚从海边回来，带了一些文蛤回来了。你用方便袋装一些带回家，新鲜着呢，刚刚从滩涂的淤泥里扒出来。”看着三叔的裤管上满是泥浆，脸颊上还溅着几个已经变干发黑的泥点儿，我心头酸酸地说道：“叔，留着你明早上去市场卖吧，这文蛤现在价格高着呢！”“这是哪里话，价格再高，你吃还是有的，再则，现在这文蛤刚巧有子，肥着呢，鲜着呢，这个时候不尝尝，再往后就要到秋凉了才能有这么好的文蛤呢。你不回来我还准备托人带一些给你呢。”说话间，风风火火的三婶已经拿了一个大方便袋出来了，不由分说地就用手捧着文蛤往方便袋里装。

我就有一句没一句地和三叔聊着天。三叔说：“现在海边的文蛤比前几年要多了，赶海人的钱也好挣多了，这都得益于什么沿海大开发啊。我也不懂啥开发的，但是我知道，现在滩涂围垦比以前滥捕的时候要好得多。就单单每天帮老板做工，一天的工钱都有一百多元，想吃海鲜了，找老板买的价格也不贵。”我知道三叔说的是真心话。老家紧靠着南黄海，“靠山吃山，靠海吃海”，三叔就是海边那一辈子靠赶海挣钱的人。

其实，到海边的车程也就三四十分钟。记忆中几次跟三叔赶海的情景依然无法抹去，恍若昨天。第一次去的时候我还在上小学，三叔骑着自行车，后座上一边挂着捕捞的器具，一边就是坐在箩筐里的我。泥土的路颠颠簸簸、坑坑洼洼，到达目的地后三叔就将我放在滩涂的边沿上等候他，再三叮嘱我不能离开，然后三叔背着耙子、竹篓等要蹚过很远的港汊，直到在我的视线里变成一个黑点。他俯着身子在泥泞的土壤里仔细寻找生活的来源，不一会儿就要趁着涨潮的前夕，再拖着沉重的收获回来。回来这个时机的把握很重要，早了就几乎没有收获，晚了就连人带货一起留在那一望无际的大海里。我曾经听三叔说过，赶海的人不能太贪，一定要在涨潮前回来，老家就有一位小伙子初次赶海，结果误了回来的时间，撂下年轻的妻子和一双嗷嗷待哺的儿女，永远葬身在大海里。第二次跟随三叔去赶海的时候，正是我高考后回家的日子，那天清晨我骑着车子跟着三叔沿着砖石路来到了海边，尽管一路颠簸，但还是挡不住我初次赶海的憧憬与期望。三叔再三关照，要我紧跟着他，只要我帮他拎着网兜，不能落下半步。在脱掉长衫顶在头顶上、蹚过三个小港汊后，我全身都是海水浸泡后的疼痛，跟着三叔在滩涂上扒拉了一个多小时，收获半篓的文蛤后，又手忙脚乱地跟着三叔往岸边奔跑，看着海水慢慢在后面追着。那个时候更多的是对大海的敬畏和恐惧。第三次跟随三叔去海边的时候，海边港城已经开始有模有样地搞建设了，三叔也换摩托车了，沿途全是一例的沥青柏油马路，摩托车行驶在上面稳稳当当的，十多分钟就已经到了海边。海水已经离岸边越来越远，勤劳的家乡人开始框围滩涂，实现滩涂开发二次利用，已经不需要再过大小不一、深浅不等的港汊了。三叔就在人家老板承包的滩涂上帮工捕捞文蛤，按照捕捞的斤两计算工资。那一次我没有再站到四溅的泥土中，但我能感觉到三叔在做工的过程中脸上露出来的那种平和，这种平和是基于对生命安全的一种放心态度：不需要再因为涨落潮对生命形成的威胁而担忧了。之后我单独再去过海边几次，已经不是去赶海，而是去看海、欣赏海了，港城、港区、港口的建设已经如火如荼、初具规模，巨大的风电机组昂然挺立在滩涂上。身边尽管还时不时有像三叔一样赶海的汉子，但是那种在围堤里捕捞文蛤的安全感，不亚于农人在平坦田间的劳作，这种安全感是由沿海大开发带来的！

我的家乡，向东是大海！望着一粒粒的文蛤恍若晶莹的雨花石一般，在袋子中闪着诱人的光彩，我心中有一股亲情的温暖流过。这么些年每到文蛤上市的时候，我的餐桌上总免不了有三叔带来的各种海鲜。随着时光的变迁，三叔那一辈人依然还在海边坚持着他们的梦想和追求，只是这种梦想和追求，更多的是一种幸福的安详与宁和！

一直在你的身边

一

打电话给她的时候，她竟然一口叫出了我的名字。我有些诧异，因为不小心弄丢了好多同学的电话，然而她的手机里还一直存着我的号码。她依然是那风风火火的性格："最近还好吧？工作还顺利吧？孩子还好吧？最近有没有什么作品拿出来给我们欣赏欣赏？……"

我笑了，她还是那个样子。电话那头的她被我的沉默惊到了："好了好了，我不说了，你说，找我什么事儿？"我笑着对她说一个同学过来了，想约上几个人聚一聚。"行，你告诉我地点，回头下班我就过去。"

晚上同学聚会的时候，她带着丫头来了，见着我就说："好几年不联系了，我三天两头就到你空间看你的文章，呵呵，离得这么近，竟然也不打电话经常联系联系？不过，我可是一直在关注你。"最后的一句话，让我内心一下子翻腾起来：一些人，一些事，一些电话号码，不是忘记了，而是记得更深，深得让我们奔波在尘世俗间的时候都无暇去提起。

她是我的同乡兼同学，从小学到初中、高中一直同班。后来工作了，知晓她也在这个小城的某个角落默默打拼着，偶尔逢年过节一个短信，或者网上留言只有一个笑脸，再无其他多余的话。最熟悉的陌生人和最陌生的熟人，最大的区别就是：好久不见，见了依然如故。今天才知道，不联系并不是人生渐渐地忘却，再多的言语，虚与委蛇，怎能比得上深埋的那份友情？

其实，真的，这份友情就一直陪伴在身边。

二

遇到了一件麻烦事，找太多的人都怕牵扯上自己，好话说尽，不见行动。平时呼朋喝友均遭软抵制，几近走投无路。想起一位在乡镇工作的同学或许能帮上忙，深夜找来电话打给他的时候，他正在云南出差，只说了一句话："后天我就到家，我会去你那里。"

我就当依然是一句搪塞的话，没有抱半点的希望。然而，第三天的傍晚，等他拎着行李真的站在我面前的时候，我的眼泪瞬间落了下来。和他同学的时候，他不是我玩得最好的同学；工作以后，他不是我最好的朋友；平日里，他不是我联系最多的人。然而，就是这么一个人，出差回来家都没有回，先奔我这里来了。事情在他的斡旋下很快得以解决。要答谢他，他不抽烟、不喝酒。我脸红耳赤站在他面前一句感谢的话都没法说出口。然而，他说了一句话："不要谢，说感谢的话就亵渎了这份情谊，虽然平时不怎么联系，但是我们一直在一起，我就一直在你的身边。"

太多的相濡以沫，太多的相忘于江湖。生命中那些时常感动你的人，不是在觥筹交错里，不是在灯红酒绿下，不是在谗言谄媚里，而是走在马路上的时候一直走在你左边的那个人，因为走在你的左边就可以随时随地为你遮挡住一切的车辆。也许你从不曾认真注视过你身边一直存在的这样一个人，但是当你手足无措的时候，他会及时出现在你的视线里，让你感到从未有过的一种温暖与关爱。

三

曾经贪杯，每每酩酊大醉后醒来，宴席上的高朋均已经不在。口渴难耐的时候，是妻子及时递来一杯温开水；酒后胃出血在医院挂水的时候，最后一个知晓消息的母亲在第一时间内赶来，整夜未眠守护在病床前，看我醒来的第一句话就是："唉，醒了啊，全家都在你身边呢，守了你一夜啊。"邻床一位长者的话发人深省："咋就不知道爱惜自己呢？年轻人喝酒伤身，意气用事，真的有啥事儿了，难道不知道最伤心的还是自己最亲的人？"

从此罢杯。倒不是因为身体的原因，而是真的不愿意再去伤害身边最亲的人。

想起一首歌："我一直在你身边，从未走远。"那些挚爱的、亲爱的、一直在我身边默默守护我的人、疼爱我的人，我愿意一直走在他们的视野里，亲历这份淡淡如水的牵挂，氤氲一生。

那一年，雪花漫天舞

一

收到一张贺卡，封面没有署名，打开一看，几行熟悉而娟秀的字跳入眼帘：“亲爱的老公，新年了，家人静静地在一起，就是幸福安康！爱你的老婆。”

霎时内心就温暖起来。窗外零星地飘着雪花，天色灰蒙蒙的。多久了，每日忙碌的工作、奔波的生活，已经让我忽略了生活中原本的感动，而今天收到的这个温馨的祝福却勾起我无限的思绪。那一年，你远在七八里路之外的农村小学上班，外面大雪漫天，傍晚我骑着摩托车去接你，顶着凛冽的寒风，刚刚有了身孕的你妊娠反应非常厉害，坐在摩托车后紧紧地抱着我。雪下得越来越大，遮掩了我的视线，甚至铺满了整个田间的道路，让我辨认不出方向。我只得让你下车，我推着摩托车艰难前行，你跟在我身后，拉着我的衣襟，鞋子在雪地上发出“咯吱咯吱”

的声音。你走几步就停下来喘口气，还要强忍着翻江倒海般的胃部反应，我不时地扭头看你，身上落满了雪花，刺骨的风卷着雪珠将我俩包围在苍茫的天地间，唯有身后留下长长的车辙和两行深深的脚印。

那天回到家已是很晚，初有身孕的你就想着吃面。那一天刚巧是我的生日，按照习俗应该吃面条，于是我做了两碗鸡蛋面。没有烛光，没有蛋糕，甚至没有太多的祝福语言，简陋的房子里我俩就着面吃得“呼哧呼哧”，窗外簌簌的雪压枝头跌落的声音丝毫没有冲淡我内心的幸福感。那一晚，我记得你就跟我说过这样的话语：“一家人在一起，就是幸福安康！”

二

“北漂”的你在 QQ 上给我留言：“你那里下雪了吗？”我回复信息：“下了，一场大雪！”你又回复留言：“还记得那一年雪花漫天舞？”我一时无法回答，但是又怎会不记得呢？

那一年我独身去北方的一个城市求学，也就是在那个冬天认识了你，你比我大几个月，总是戏谑着要我叫你姐姐，我就叫你“小姐姐”。拗不过我，你后来索性承认：“小姐姐就小姐姐吧，毕竟还是姐姐。”真的，你就如一个姐姐般呵护着我。记得那一年的雪下得很频繁，每次的雪都下得很大，你看着我通红的手无语，第二天的晚上我的书桌里就多了一双手套。还记得是个星期天，外面仍然下着雪，大清早你就在男生宿舍楼下大声地呼喊着我的名字，让我下来。整幢楼的男生都打开窗户伸出头来看你，你穿着大红的滑雪衫站在雪地里，害羞的我不好意思下来。你在楼下舞动着一条洁白色的马海毛围巾，一定要我下来试一试。在众多的嬉笑声中，我终究没有勇气走下楼，尽管我很喜欢那条围巾，尽管我知道那条围巾一定很暖和。伤心的你站在雪地里很久很久才离去。后来我才知道，为了织那条围巾，你哀求着宿舍的女伴一针一线地教会你，白天下课的间隙你也捧在手上织，晚上到了宿舍别人休息了，你还在手电筒的灯光下织，花费了整整三天的时间，自己的手上都生了冻疮。临近毕业的时候，已经是夏天了。班级聚会的那一晚，你还是将那条围巾送到了我的手上："明天就都要离开这个城市了，天冷的时候记得围上，也就记得我这个小姐姐了。"

围巾依然在我的挂衣橱里，只是物是人非。十多年过去了，你一直在"北漂"，甚至可能会继续"北漂"着，听同学说你至今还是孤身一人。新年快到了，外面又是大雪漫天舞，我看着这条围巾想起了你。那些懵懂的情愫啊，在青春的岁月里已经渐渐淡去，小姐姐，你还好吗？

三

耳边听着一首歌："那一年的大雪中，你轻轻敲我的窗，告诉我你堆的雪人，很像很像我的模样，你等我说，说我真的感动啊。"雪落依旧，不由自主地想起一些人，一些事儿，不为别的，只想通过漫天的雪花传递一种信息：新年了，总有别样的情绪温暖着每个人的心头！

这一年，窗外依然大雪漫天舞！

生命中的灿烂

早上送儿子去学校的时候，快到学校门口，坐在电瓶车前的儿子扭头对我说："爸爸，今天是教师节！"我看了看身边川流不息的家长和孩子们，手里都拿着一两朵玫瑰或者康乃馨，粉色或者是大红色的，煞是好看！学校两边的商家也是趁机摆出了种种的干花、鲜花，很便宜，十元便可以买一束。"爸爸，要不要给老师买个礼物？""嗯，行！"我在路边一花店前停下，进去挑选了六朵大红的玫瑰，旁边还配上了满天星。儿子对我挑选的这个礼物很是满意，心满意足地拿着一路小跑，瞬间淹没到了人流里。

掏出手机，写下了一行字："教师节快乐！"按照顺序发给了老婆、以前高中大学时候的老师以及工作以后的同事。不一会儿，陆陆续续地收到回信。妻子的短信是这样的："谢谢老公，有你的日子，我一直很快乐，每天有你在身边，每天都是我的节日！老公，虽然你不做老师了，但我知道做老师那段时光是你生命里最灿烂的色彩！"我的眼睛渐渐地湿润起来，不为别的，只为了老婆那温馨的话语！

离开教育事业有一段时间了，下午在办公室的时候，手机和 QQ 一直响个不停，有以前的学生发来的祝福，也有以前的同事发来的祝福！让我静静沉浸在过去的时光里，回想自己在三尺讲台上指点江山，回想自己在多少个夜晚批改作业，回想自己在多少个熄灯之后还到学生宿舍去看看刚刚入睡的孩子！我可能不是一个合格的父亲，因为我没有太多的时间陪伴儿子；我可能不是一个好的丈夫，因为我做家务的机会太少；我可能不是一个合格的儿子，因为我孝敬于双亲膝下的时间太少！但，我是一个合格的老师，我在乡下那片贫瘠的土地上为我钟爱的教育事业奋斗了十二年，我把我生命里最绚烂的时光、我最灿烂的青春都奉献给了教育事业！我把那个破旧不堪的学校改造成了盐城市的示范社区教育中心，在那里建起了教学楼，在那里种下银杏，种下梧桐树，种下生命的希望！教育事业，我离开的时候一再回首，有遗憾，是我没有能够一直坚持走下去！没有遗憾，是因为我无怨无悔于教育事业！

早上还阴沉的天气，下午突然变得阳光灿烂起来，和我一起祝福吧，祝所有的老师节日快乐！

七夕，与爱情无关

一

写下这个题目的时候，我正在葡萄架下听着牛郎和织女的窃窃私语，正幻想着董永和七仙女在鹊桥上含情脉脉地牵手。眼睛盯着看友人在QQ上给我的留言：岁月流逝，七夕，已经离我们太远太远，而此刻，身在他乡的你，离我有多远？我无法回答友人的问题，我只知道，这个七夕，我没有花前月下，没有海誓山盟，整日里忙的还是柴米油盐酱醋茶！

看过一出悲情故事：男女主人公教科书式地相爱了，然后出身寒门的男子上门遭到了富贵人家的女方坚决反对，最后男女主人公毅然地双双殉情。中国式的经典爱情故事，从《孔雀东南飞》里的刘兰芝、焦仲卿到梁山伯与祝英台，从牛郎织女到董永七仙女，从贾宝玉、林黛玉到现实中的陆游、唐婉，都是如此。杜十娘因李甲的薄情而投江，成为一种爱情的定势、反抗的模式。然仔细推敲终有发现：这些爱情悲剧其实不是封建礼教扼杀的结果，而是家族利益冲突的矛盾体现。因而感叹，婚姻与爱情还是属于上层建筑，离开了物质经济基础的支撑，终究是南柯一梦。

婚后，我整日里在上班下班的途中奔波，不敢有丝毫的懈怠和停留。因为我知道，生活不仅仅是爱情，还有全家的日常开销、小儿上学的费用，甚至生病买药的资费。这些，都与七夕无关！

二

上大学的时候，见过班级里一场轰轰烈烈的爱情：他是南方人，帅气、博学；她是北方人，却不失江南女子的婉约、温柔。他们死心塌地地相爱了，所有的人都认为这是一场唯美的爱情故事，连导师都公开地祝福他们。然而毕业的分配，却让爱情的水晶鞋在刹那之间跌得粉碎：他的家人为他谋取了一份很不错的政府职员工作，而她却因为是定向委培生，必须回到那个养活她若干年的乡村去教书。他在年迈多病、泪眼婆娑的母亲面前退缩了、让步了，而她在一份稳定的工作面前也被诱惑了。

一场爱情故事戛然而止。时隔多年同学聚会的时候，他已身居要职，满口的官场话，整个饭桌都在听他讲官场的经验，而她依然是乡下的一名教师，微笑着倾听。散席后的两人不由自主地又牵住了手，他怜爱地企图拥她入怀时，手机却响了，他有些慌乱地朝她摆摆手让她不要出声，是他家中的那个她打来的电话，他应付地说在外面有个应酬马上就回去，接着他歉意地对她说家中有事改日再聚。看着他驾车绝尘而去，她内心顿发感叹：这就是当初深爱着的那个倜傥的男子？

她回到家中的时候，三天未见的丈夫正在厨房里忙碌着，幼子在客厅大声叫唤着："妈妈回来了。"丈夫闻声从厨房里出来说："洗把脸准备吃饭吧。”她望着不善言辞的丈夫和孩子，觉得眼角酸酸：这才是自己真正的归宿，这才是家啊！

看过一句话：爱情最初是倾心，再后来就成了责任，最后是习惯，终了是亲人。原来，一场风花雪月的事情，可以与爱情无关的！

三

电脑里正随机播放着《爱情买卖》：“爱情不是你想买，想买就能买……”窗外已经是初秋的景象，夹杂着炎夏的尾声，有树叶在风中开始轻轻飘落。我不知道树叶离开枝丫的时候，该蕴含着怎样的忧伤，才能面对摇曳的阵痛，仿若爱情的生离死别。这个季节总是寓意着一场生命欢宴的结束，当一切归于沉寂，爱情的诺言便落地成愁，酿成了亘古不变的哀曲，疼痛与沧桑趁机漾满了时间的褶皱。

我的七夕，当我还沉浸在古代今生的遐想中时，妻却不失时机地打来电话：晚上回来的时候顺路从超市买点儿米回家！我兀自笑了。这个七夕，真的与爱情无关！

“茶”中人生

我的业余爱好除了抽烟、读书、写作，能拿得出手的恐怕就是泡茶喝茶了。

我对茶有种近乎狂热的爱好，而且不分茶叶的品种：小盏轻啜别有风情，适宜用来泡铁观音、碧螺春、白茶、菊花茶等；大碗冲水豪饮一气，则适宜泡龙井、普洱、珠兰等。泡茶喝茶的唯一讲究就是不同的季节喝不同的茶，正如人生的路上走过不同的风景一样。

春天，我最喜欢的就是“明前茶”。顾名思义，“明前茶”就是清明前采摘的茶树嫩芽尖，最好是白茶或碧螺春。这个时候的茶叶，孕育了整整一冬的灵气。泡上一壶此时的茶，茶叶在滚开的水中翻飞，如舞动的精灵，慢慢舒展开来，睁开了迷蒙的双眼。开水倒下去的一刹那，缭绕的雾气弥漫了整个屋子，袅袅盘旋。明前茶的茶水是淡淡的涩味，轻抿一口，瞬间润了喉舌。这个时候，最重要的是不能急忙吞咽下去，而要含在口中细细地品味，舌尖凝滞，咽喉畅滑。闭上双目，仿佛可以听见春天的脚步声愈走愈近，思绪也跟着茶叶的余香飞得很远很远。在这样的季节，万物复苏，大地回春，浓郁的泥土气息毫无防备地就钻进了你的心里，让你莫名地憧憬着，就像人生起跑线上蓄势待发的姿态！

夏天喝茶，一定要用大的器皿预先泡开了茶凉着。茶叶的品种最好是几朵杭白菊，撒几颗枸杞，点缀上几片龙井。于是淡黄中微微有红，在几乎微不可见的黄红相间中，又夹着一缕缕的绿色。此时喝茶的茶具最好是碗，舀上满满的茶水，泼洒点儿在桌上也没有关系，敞开衣襟，一扬脖子，“咕咚咕咚”地大口牛饮，喝完随手将碗重重地放在桌子上，便有了梁山好汉大碗喝酒般的豪情。炎热之下，喝上大碗大碗的茶水，浑身三万六千个毛孔刹那间服帖了一样，说不出的惬意，恍若成功后畅快淋漓的人生！

秋天喝茶，最是注重情调了。这时候是收获的时节，满心装载了沉甸甸的喜悦，也有劳碌之后难得的闲情。摆上三五个紫砂的小茶盏，用大壶冲泡铁观音，闷上两三分钟，再拿起茶盖在鼻下轻嗅，深深地吸上一口气，铁观音特有的浓郁香气便附着了所有的唇齿。铁观音的灵性就在于你要读懂它，然后才能喝它。壶中的茶水，仿若前朝的古装女子，款步缓行，低眉蹙额，惹人怜爱。满上半杯茶，慢慢地含咽，从唇到舌，到喉咙，到你的胃，都充盈了暖暖的香气，让人的心境也变得宁静起来。这个时候，人生的大气、从容，一览无余！

冬天喝茶，喝的就是一种温暖。冬天的茶水不像烈酒那样凶猛地给你瞬时的火热，它就像蒙古包中燃着的烤炉一样，慢慢地绽放它的温馨。泡上一壶大红袍，壶中的茶水就像一位人生积淀厚重的老者，坐在那里微笑着，听你絮絮的话语，偶尔指点一两句迷津，让你醍醐灌顶。冬天的茶水要在不凉不烫的时候喝下去，没有唏嘘的叹息，没有刹那的凉爽，似是站在彼岸看花的菩提，让你什么也不想，什么都不说，宠辱不惊，笑看云卷云舒，花开花落！

美哉，茶乎！美哉，人生！

第四辑　彼岸花开

我的祝福还记得吗？

周末在家中收拾整理往日的一些书籍，无意中却翻出了一摞泛黄的毕业纪念册。最早的是小学毕业的一本，有铅笔字的，有圆珠笔字的，大部分的字迹因为年代久远的原因，已经模糊不清，间或一些单页上还有昔日同窗模糊的黑白照；最近的一本却是大学毕业时的，但离现在的日子也已经有十六年了，十六年的时光，倘若可以的话，都应该有新的一代人出生了。大学毕业纪念册上还是当年中文系那些倜傥的才子和清秀的才女写下的惯例祝福以及龙飞凤舞的签名。翻看着，不经意中，看到一行很娟秀的碳素墨水的留言："今天，你我就要分别，该说的都已经说了，不该说的就永远不会说了。我现在写下这段话，只是想问问，若干年以后，我的祝福你还记得吗？"

白驹过隙，光阴如梭。十六年前这个同窗的一句话，却撩拨着我的心的某个角落，在这个宁静的夜晚有些隐隐的酸楚：不知道写下这段话的人儿现在在何方？记得那一年我只身去那个城市求学，开学后的第一个星期六，我正一个人闷在宿舍里看书，听到有人敲宿舍的门，紧接着传来一个女生的声音：“宿舍里有人吗？”我惊得赶紧从床上坐起来：学院宿舍管理严格，男女生禁止串宿舍，这是谁啊？这么大胆，大白天的公然找到男生宿舍来了？我语无伦次地回了一句：“宿舍里没人，你走吧。”门外“哦”了一声，然后我就听到了脚步声渐渐远去，我长舒一口气，继续看着茅盾的《子夜》。这可是我暑期好不容易从老哥那儿磨叽来的，约定好了国庆回家要还给他。刚开学功课紧，我还没能正儿八经看上几页，趁着这个周末同学们都出去了，我图个清静正好能看上一半。可刚刚看了两行，门外又响起了声音，这回不是敲门了，而是用脚“咚咚”踢着门：“蒙我？还说没人？刚刚是谁应答我的话的？”我那时那个恨哪，恨不得一个巴掌抽自己一下：说没人就没人，我脑子进水了啊，干吗要应答她？不得已，我下床打开宿舍的门，看到一个长发飘飘的女生正一脸诧异地看着我：“难道你不是人？”我无法辩解，苦笑了一下，问她找谁？她说找某某，是她的老乡兼同学，约好了一起上街玩的。我说他不在，宿舍就我一个人。她忽然咋咋呼呼地指着我又叫起来：“你，你是不是就是他们常常提起的那个怪杰？好像挺有才的那个？叫什么海的？”我不知道她说的他们是谁，但我估摸着她认识我。可我刚来学校一周啊，我谁也不认识啊。我挤出一丝笑容对她说：“我可能就是你说的那个怪杰，但我没有才，我叫某某海。”她“哇”地大声叫了起来：“你不认识我？我是你同班同学啊！周三上古代文学课坐在你后面的那个！不记得？那天朱教授让同学们谈对古代文学的认识，就你说了将近二十分钟，老佩服你有才了啊！”我努力在脑海中找着能认识她的哪怕一丝一毫的记忆，最终，我还是摇了摇头。她看着我的表情，一脸的沮丧：“算了，想不起来就算了，反正我是你同班的同学，以后上课的时候多留神着点儿我，下次就记得了。这么着吧，我来找我同学的，你刚刚骗了我说宿舍没人，现在本姑娘要惩罚你一下，你得陪我上街找我那位老乡去。”

就这么着，我被她拉扯着就上了街，她在前面走着，我在后面远远地低头跟着。一个不留神，撞着人了，我还没有回过神来，耳边又传来咋咋呼呼的声音：“你怎么这么慢啊？离我这么远，怕我吃了你啊？”“不是，我，我怕别人误会！”“哦，你这坏小子，还想揩本姑娘的油？”她几乎贴着我的脸说，“误会？不会的，你这模样跟在我后面，就是前不久才放映的一部美国大片啊！”“啥美国大片？”问完这话我立马就后悔了，悔得肠子都青了，只听见她大声地说着：“你真落伍，就是《美女与野兽》啊！”在路人的纷纷注目下，我恨不得找个地缝钻进去。幸好这样的煎熬很快就结束了，我们在步行了几百米后就遇见了她的老乡，我立马飞奔回了宿舍。

从那以后，她时不时地就串到我们宿舍，找不到她的老乡一起出去，就拉着我上街。一来二去的，她的那位老乡开始逗我了：“哥们，别是黏糊上你了吧？我这老乡可是刀子嘴豆腐心，也挺有才气的啊，系里的那么多风流才子都入不了眼，你可得抓紧机会啊，要不就过了这个村没这个店了啊！”对于舍友的话语，我付之一笑：“就我这武大郎的模样，那佳丽能看上我？你就别打击我了。”说笑归说笑，可她还是每周都来我们宿舍，要不找我借几本书看看，要不就让我把最近发表的文章拿给她读读，要不就是找我借“借书证”，说要看看我读的什么书，也让她熏陶熏陶。嘻嘻闹闹的四年时光，我们什么也没有发生，甚至连牵手都没有，我知道我的根不在那个城市，她的追求也不在那个城市，我们什么都没有说过，尽管那份情愫只隔着一层纱那么薄。

大学的时光总是很短暂，在这样懵懵懂懂的情愫中，临近毕业了。记得离校前的那一周，每次晚自习结束后，她都捧着几本书站在教学楼前等我，只有短短的一句话：“我想吃烤山芋。”那五个夜晚，每晚我都骑着借来的自行车，载着她穿行在那个城市的大街小巷，在初夏微凉的夜风中，去寻找一个烤山芋的摊头。然后买上一个热气腾腾的烤山芋，让她捧在手心中，我就这么静静地看着她，直到很晚很晚，再载着她穿过大街小巷，赶在学校宿舍关门前回来。分别的一刻终于在那一个夜晚措手不及地来了，甚至所有的同学都没有做好准备，聚餐上大家哭得稀里哗啦。散席后，学校的小路上、宿舍里、池塘边灯火通明，时不时地传来一两声高亢的歌声："妹妹你大胆地往前走啊，往前走……"那个夜晚，我和她静静地坐在教室里，没有开灯，一直沉默着，一直坐到东方天色发白，我终于站起身："我送你去车站吧，你是七点的车，赶不上的话就得明天才能离校了。"她静静地注视着我，看得我低下了头："你为什么不说？你为什么不说？你说啊，你现在说了，我就跟着你走，你到乡下我也愿意去乡下，你说啊！"忽然间，她歇斯底里地号啕大哭起来，我站着没有动。我知道不能动，四年了，四年的时光我也并不是心如止水，但是，我知道这个梦不属于我，这个梦迟早要醒来，既然醒来以后会伤害对方，既然如同两只刺猬的取暖，倒不如不做这个梦，倒不如依然独自前行。我为她拎起行李送她上了车，在挥手告别的一刹那，在尖锐的汽笛声中，我看到了她的嘴型："我永远祝福你！"

十六年的时光过去了，我有了我的妻，我有了可爱的胖胖的儿子，有了温馨和谐的家庭。只是，在这样一个初夏的夜晚，听着窗外不知名的虫儿的叫声，看着往昔熟悉的字迹，你还好吗？你是否也会在这样的夜晚回想起十六年前的那份纯真的情愫？你是否也有了爱你的丈夫，是否也有了一个属于你自己的温暖的家？

这么多年了，你的祝福我一直记着，但是，我的祝福你还记得吗？

难忘那片绿色

十五年前，我正在读高三。由于我严重偏文科，理科成绩一塌糊涂，所以每天看到理科老师犀利的目光，我都有深深的负罪感。随着高考来临，学习日益紧张，我越来越感到无比的窒息。终于在临考前一个月，我选择了退学，执意地收拾好自己的课本，决定逃出课堂的桎梏。我天真地认为，我离开了课堂，就可以凭写作谋生，甚至幻想自己将来可以做个自由撰稿人。

在背起书包离开学校的时候，我的语文老师徐其白叫住了我，让我到他的办公室一趟。

“真的不想上啦？”

“嗯！”

“真的要做逃兵？你就这么懦弱？”

“不是，你不是说过，上学也不是人生唯一的出路。”

“我是说过这样的话，但我不知道你除了上学还能有什么出路？”

“我就不信偌大的世界没有我生存的地方，实在不行我可以去打工！”

“我为你惋惜！”

我义无反顾地走出了校门，只留下徐老师那声长长的叹息！其实，我知道，徐老师为我承受了巨大的压力，因为我的偏科，班级的理科均分总不如别的班，因为我文科好，别的科目的老师对徐老师非议很多。而我的离去，这一切都将不复存在。

回到家里后，适逢农村大忙季节。母亲无奈地看着我，一言不发，父亲的脸始终绷着：“不上学了，那就到田里帮忙吧！”

每天，天不亮我就和母亲一起到田里收割菜籽，然后晒打菜籽；穿梭在浓密的玉米田里，掰着玉米棒子，任凭长满毛茸茸长刺的玉米叶划过我稚嫩的手背，留下一道道血痕；蹒跚地背着一筐筐的玉米棒子回家。我有一种虐待自己的快感：我再也不用忍受老师那无尽的责怪，不用整日看着坐标、象限而不知所措。夜晚，我在昏黄的灯光下铺开稿纸，把少年愁滋味泄满整个房间。然而，每当一个人的时候，我还是有怅然的失落感：我想念嬉笑打闹的同学，想念老师在课堂上抑扬顿挫的讲课声，想念同学们大声读书时的会心一笑！但想念只是转瞬而过，少年的我，有种出乎寻常的麻木。

每日就是这样劳作着。一个星期后的那天中午，我正顶着六月初毒辣的阳光在田里锄草。母亲找到我，说我的语文老师来了。徐老师来了？我的第一反应是放下锄头飞奔回家。站到徐老师面前的时候，徐老师默默地看着我，我不敢与老师深邃的目光对视。“这就是你想要的另一种生活？”徐老师怜爱地摸着我的头。“我……”我低头看着自己沾满泥土的球鞋，看着自己被作物划得伤痕累累的双臂，有种欲哭的感觉。

“洗洗，换个衣服，跟我走吧！”

“我……”

“我什么啊，跟我走！”徐老师用一种不容置疑的口吻拉着我的手臂。“去吧！”羸弱的母亲用哀求的目光看着我。“跟我走！”我被老师连拉带拖地带到了学校，我逃避了一周的学校！站在校园的大操场上，听着校园里琅琅的读书声，我抬头看看天空，六月，刺目的阳光让我睁不开眼，我大口地呼吸着空气，阳光下的操场显得格外绿！徐老师和我并肩坐在操场上：

“你看，这小草长得多茂盛啊！纵使有千万种践踏，但从来没有放弃生长的欲望，从来不会放弃接触天空的一丝丝机会。你怎么就这么轻易地放弃呢？

“孩子，勇敢一些，人生总会有挫折的，但只要希望在，一切就都在！

“去吧，去教室上课吧！”

……

我参加了那一年的高考，由于偏科的原因，我只考上了北方的一所专科学校。专科毕业的时候，我毅然选择了教师这个行业。再后来，我经历了数次的考试，也走向人生的一个又一个目标！但我依然无法忘却那个夏天灿烂的阳光！无法忘却徐其白老师的那番话语！无法忘却阳光下那片富含生命的绿色！

四月的情思

四月，琼枝如画，春意盎然，放眼里下河的春天烟雨蒙蒙。委婉缠绵的清明雨滴，触及那缕凄凄悲悲的眸光，顿时变得湿润起来。清明雨，点点滴滴的惆怅，星星碎碎的步履，在透过窗棂的视线里，清晰着里下河漫山遍野的油菜花，缥缈着一个老人在校园里悠悠踱步的背影，细碎着苏北平原农人们忙着春播的身影……

四月，静静驻足回望，距离用柔软缠绵的雨丝，润湿了那些悼念至亲至爱的伤痛与思念。天是阴阴的，和我同行的人也沉默无语，更加勾起我对老师的哀思！

恩师是个很有学问的老派知识分子，常常用那种私塾先生的唱腔，对我们唱“天子重英豪，文章教尔曹。万般皆下品，唯有读书高”。在冬日阳光照耀下的庭园中，我们围坐在他膝盖旁，听他绘声绘色地讲红楼，道三国；在夏日荷塘边，我们聚精会神地听他念唐诗，说宋词。在他的潜移默化下，我很早就粗浅地读了唐诗、宋词和诗经……

2004 年的冬天，那年他七十七岁，身体很健朗，却因为一个小小的手术，再也没有醒过来……我一直后悔和责怪自己，怎么就不去找找他。其实他离我居住的城市距离的那点路也不算很远……五年过去了，我依然无法释怀……

四月，清明雨中，雨落在石板上反弹出淡淡的烟雾，天地被这若有似无的烟雨连接在一起。

我站在恩师的墓前，墓地被几棵松柏树紧紧围绕着，坟草萋萋，连一个醒目的碑也没有。我默默地清理了坟墓旁边的杂草，点燃了厚厚的纸钱。顿时，我又看见了慈爱如父的恩师。一阵微风掠过，如恩师的手抚摸我的头发，亦如慈祥的微笑。燃着的火苗烧起了岁月，烧起了这个季节，也烧起了我心中愧疚的情感。眼睛在纸灰的飞舞中登时模糊起来，泪水滴在睫上，落在心里，寂寞而凄凉。墓地黯然，风飘飘，雨潇潇，哀思悠悠，悲情渺渺。

我默默地注视着恩师的墓，内心无比苦涩、无限愧疚、无尽迷惘。我寻不回那已随风而去的恩师，追不回那已停止的生命。埋藏在记忆深处的是痛楚，无法抹去、无法言喻的是思念。

雨中，我在祈祷，祈求在梦里与恩师再次邂逅，祈求恩师能挽着我的手给我一次回眸。

雨中，我抬头仰望，默默问一声：亲爱的老师，您在天堂中还好吗?

墓地无声，唯有呓语，我立于青松之下，惆怅，辛酸。愧疚的胭脂泪，一个很潦草的告别，我一步一回头。

回来的时候，天开始渐渐飘起了雨，我放眼望去，满目盛开的油菜花。再见了，老师！再见了，在我生命历程中刻骨铭心的人！我真心地希望给活着的人一个幸福的港湾，一个永远停靠的岸。在风雨中，为他撑起一方晴空；在寂寞中，给他带来一些欢乐；在彷徨中，给他一个精神的指引；在生命中，给他一个永恒的归宿。

雨中，收集往昔点滴，细数斑驳往事，悲欢离合的情思在笔底惆怅了我的春季。司机怕我悲伤，放了一首歌，不巧，是那首萨克斯名曲《回家》。苍凉的曲调在车内响起，司机要关了CD，我摇手示意他听下去。车开起来的时候，窗外清明雨滴答滴答有节奏地轻轻弹着玻璃，像指挥家的拍子，让这歌曲更伤感更痛心……

天堂里，亲爱的老师，你找到回家的路了吗？

灿烂的阳光洒满天堂的路

昨天到办公室的时候，听人说，一个同事在来的路上出车祸了，死了！

刹那，有无比的惊悸：周六我还看到过她，还和她说了话的，在我周四去她所在的单位督查考核的时候，我还专程和她谈了好久！一个非常优秀的女大学生，笑容如七月灿烂的阳光。

今天下午，在办公室看书，忽然就想起了那个女孩。没有什么理由，就这么简单。

外面下了一阵雨，不知道在天国的她，是否也看到了这场雨，还快不快乐？

我永远都没想到，那竟是我和她的最后一次见面！

一直对未来不敢多想，对于生死更没有太多的思考。太遥远的路看来很渺茫，因为我知道那是现实不可企及的地方，无法从有限的生活中去探索生命的未知力量。时常觉得自己站在有红灯的十字路口，知道终点在哪里，却预料不到什么时候才能到达终点。不过，我始终明白，经历了人生的曲折行走，你到达的必定是天堂……

天堂，一个多么让人遐想的地方，但我不敢奢望。在人生的路上，我更愿意把它理解为是一种超然，或是看破，或是顿悟。就是那种人淡如菊的气质、把酒临风的释然，才使人生显得愈益清明，就如同句号一般，圆润，完满。这才是智者之姿，明者之态。

但是有多少人能真正看破呢？所谓看破的人真的已经看破了吗？我觉得不然。在这矛盾交织的世界本源中，从没有所谓的绝对，只有相对。天堂是个寄放忧伤的地方，是更多在路上的人最终选择的归宿，是一种自由的解脱，又或是追求人生中的完美，他们就这样走了，选择了那个叫天堂的地方。

其实我不相信有来世，也很少想起将来会怎样，我总是认为“该来的总会来”。也曾莫名其妙地萌生许多奇怪的想法：在地铁里，我会有纵身跳入隧道的冲动；在列车驰来的前一秒，可会有人拉我上岸？试着想象那种与死神擦肩而过的感觉，想象那感觉如行驶在隧道中，初时黑暗，渐渐开阔、明亮。想象过面对死神，甚至觉得死神并非面目可憎，而是个一袭白衣、面容和善的美妇人。她不会威逼你，只是淡淡地笑着诱惑你，仿佛西方真的是个极乐世界。不过，我知道这仅仅是想象，因为我很清楚，自己绝不想死，也害怕死。

记得刘墉曾说过：“大多数人，面对死亡的那一刻都会产生极度的恐慌，因为畏惧，所以当有人给予生的机会时，他们就绝不放弃。”但仍有些人是少数中的一员，如三毛、海子、顾城、川端康成……他们放弃了多次生还的机会，毅然决然地走向了死亡，这是多么敏感的脆弱，又是多么决绝的坚强。在世俗的世界里痛苦挣扎，却用自己的笔尖抒扬简单的清新，清丽的言辞让人无法不深深陷入，不可自拔地爱上了他们孤独的灵魂。他们是多么不易，他们苦涩的微笑，如同玛利亚一样宁静安详……

到达所谓的天堂，你还会期待什么吗？你是否会回想一路的风雨和芬芳，还是在天堂的路上继续前行……

谁又知道呢？你我都还在各自的路上……

就像自己行走在现实的路上，那里有快乐，有忧伤，也有让自己无法释怀的悲苦。但是我是不会选择死的，我不敢结束自己的生命，我怕流血，怕体会生命慢慢流失的感觉。因为我还如此热爱着生活，热爱生活赋予我的点点滴滴，即使那里有阴影，但阳光终能将它覆盖。因为有阳光的地方，那里就是天堂！

这样一个原本属于美丽的生命，却已经飘向了天国，不知道天国的她是不是依然美丽、依然快乐？

我相信是的。

在怀念她的同时，也珍惜自己拥有的这一切吧！有时真的不必要求太多，健康地活着，已经是最大的幸福了，不是吗？

女孩，我用七月灿烂的阳光洒满你通往天堂的路！

无法言说的痛

两天时间过去了，我一直沉浸在无法言说的悲痛之中。昨天上班以后，打开电脑，荧屏上满是关于你的消息。我非常诧异，甚至有惊呆的感觉！回过神来后，我开始不停地打电话，先是打给唐中的老师，再打给一中的老师，最后打给教育局的领导，得到的都是一句话："是真的。"我坐在电脑前默默地流泪，多好的一个人啊，就这么没了！姑且不去探讨你的死因，我只觉得，从那二十多层的楼上纵身一跃，所追求的不仅仅是化蝶的精神境界，更多的是面对死亡的勇气！

犹记得最后一次和你相聚的场景。那是今年高考结束以后，有朋从盐城过来，教育上的一帮同事为其接风，而我在加班，没能赶到宴会现场。后来他们打电话给我，说又转战"华仔"，叫我过去。我加班结束赶到"华仔"的时候已是深夜，一帮朋友都已经喝高了，你也在那里。我首先敬的就是你，我尊称你为老师，因为我在唐中读书时就听过你的歌声，听说过你种种的幽默！你喝高了，拉着我的手一个劲儿地不放，说在唐中没有教过我，只能是我大哥！那一次聚会一直闹到凌晨一点多！

你一直以一种微笑的神情看着众人闹酒，轮到敬你，你也不回，端起来就喝！后来有挚友说其实你不胜酒力，只是很高兴而已！

对于东台的文人墨客，我从来都是静静地仰望和崇敬！我欣赏一中的丁立梅老师感源于生活的散文，读来每每有农家气息！欣赏严宜春老师聚集心灵点滴的小品文，特富哲理！也特别欣赏你犀利的杂文和睿智的思考！在与你交往的时间里，我真切地感受到你理性的一面，看到了你阳光幽默的一面，看到了你豁达的性格！或许，你把你的豁达、幽默留给了你的亲朋好友、留给了你的学生、留给了你的教育事业，而自己却背负了精神的枷锁踯躅而行！死者已逝！在你跳下的那一瞬间，已经没有人知道你究竟思考着什么，也不要去追寻答案了！我只想说，或许，你感觉不到的痛，如今却留给了你的亲朋好友，留给了所有认识你的、熟悉你的人！

昨天晚上，给侄女辅导作业，丫头忽然问我是不是有个老师跳楼了，我说是的，而且是叔叔很熟悉的一个人。侄女冒出了一句："生，容易；活，也容易；但生活不容易！"我愣愣地看着丫头半天没有话可说，我有点难以理解一个十二岁的孩子能套用这样一句话来评价已经逝去的人！

伤心之余，我用一位好友曾经说过的一句话作为此文的结尾："我们都要好好的，而且要好好地活着！"

愿你安息！

平安夜，你还记得吗？

儿子打来电话问我回家吃饭不？我说真回不了，还要加班。儿子说：“爸爸，今天是平安夜！”恍然一愣：今天，已经是平安夜了。最近一直很忙，忙得忘记了每天的日月星辰、朝起暮落。办公桌的台板下压着一张明信片，是去年平安夜一个友人寄来的，没有祝福的话语，只写了一句：平安夜，你还记得吗？

记不得平安夜已经十六年了，参加工作后，平安夜、圣诞节、情人节这些洋节对我而言就失去了它存在的空间与价值。一直记得一个人，一个我生命中友情最深的人。我一直以为友情的角色可有可无，直到你离去，我才发现我有多迷恋你在我失意时鼓励的话语，迷恋一起欢笑度过的无邪的时光。1995 年，我在《盐城青年》发表了一篇文章《再见了，皮诺特》。记得我在高中为你写下的第一篇散文《雨季不再来》，从此，我的笔名就一直是“雨季不再来”。一春一夏，那些无比怀念的年华轻绕指尖，无声无息，芳香无比。香樟树下，那团浓浓的绿荫，依旧在等待，故人归来。馥郁的人间，独独缺少你，平凡的透明与纯真。轰鸣的俗世纷扰，我厌倦地捂住耳朵，你不在，我陷入黎明前寂静的黑暗。

我们都知道，我们不过都是凡人，平凡的我遇见平凡的你，擦出了幽蓝光芒的火花。无论何时何地，依然有那么一个会心的微笑和期限是一万年的友情契约。所以，我想来世我们一定会化成一对飞鸟，结一段共掠蓝天的旅途奇缘，无忧无虑，生活在属于我们的一川湖烟。

岁月无声，如雁过无痕。我们的年华都会老去，我们的经历都刻尽了过去，此刻亦会成过去。在你如今好的还是不好的生活里，你会不会怀念从前？你还会去怀旧吗？

太多欲望的现实里，你沉浸在前进的路上时，会不会偶尔停下来，再回首？

在没有了力量，在看尽残酷后，你会不会回味从前我们的美好时光？

从前的时光，一旦失去，用什么也换不回来。

如果时光倒流，陪你到老的那个人，可以是我吗？

这些年，你的悲伤，你的欢乐，有没有谁可以分享？

这些年，你还记得我们的故事吗？

这个平安夜，你还记得吗？

如果只是遇见

“人必生活着，爱才有所附丽。”这是鲁迅在《伤逝》里写过的话，曾经我相信了。但是现在，我却坚信人必有所爱，生活才能有所附丽，并将变得更加美丽。人生如梦，但是这个梦最美的刹那在哪里，我却不知道！是酣眠时还是乍醒间？聪明的，谁能告诉我呢？

其实，关于人生的附丽，也不必非要有个明确的时刻与结果，来印证人生美梦最美一刻的所在为何。美是无所不在的，美也是没有绝对“最”的。可以为了美而醉，却实在难以找到美的最。所以管它梦里花开了多少又落了多少，花开时当看就看，当摘就摘，花落时当悲则悲，当叹则叹，随心随性，随情随愿，随缘随欲。

你说你心痛的时候，你知道不，我也在心痛！你说你心悸的时候，你知道不，我也在心悸！你说我很残忍的时候，你知道不，我也在流泪！

也许遇见是一种美丽，但这种美丽在你我之间，只是三生石上的昙花，只是奈何桥边我端着的那碗孟婆汤！我和你说过，如果有来生，我愿意拒绝喝下孟婆汤，用我生生世世思念的痛来等待千年的轮回！用我生生世世的守候，等你从奈何桥畔走过，哪怕只是不经意地回眸看我一眼，即使坠入十八层地狱，我也愿意！

如果只是最初的遇见，我宁愿筑起一道道的防线，也不愿意让你走进我的心里！但是，面对你，我无法设防，我永不设防！你说一直没能走进我的内心世界，其实，你知道不？你已经筑巢了，你已经停留下来！我倒宁愿是你生命里的过客，惊鸿一过，不留刹那的光彩！事实上，我做不到！

我倒是愿意相信，我走过那个花季雨季的时候，邂逅的人应该是你！那么我所有的文字都应该为你绽放！一种声音听得久了，会上瘾；一种爱坚持久了，会成习惯；一种生活过得久了，会迷失。

《半生缘》里，曼桢对世钧说：世钧，我们再也回不去了……是的，一段情，从结束那天起，便已变成曾经，如永不回头的时光一样，再也回不去了。我们可以把那些点滴的美好，珍藏在记忆的角落里，多年以后，仍是我们温馨的回忆。在情感的世界中，没有谁对谁错，只有谁不珍惜谁。尘世里不曾带来什么，也不会带走什么，心头却挂着那么多不舍。我突然想，多年以后，当你斑鬓，我也白头，会不会在某一个静静的夜晚想你，将你的身影从记忆的底层翻出，重新看看，这个我爱的女子，是怎样的美丽。

人生若只如初见，可是又有几人只是甘心那样的一面，从此化作剪不断理还乱的思念。总有那么一点点的自私，希望从此长相厮守，哪怕最后落个断肠的结局，也毕竟曾经有过那样的一段岁月。

一声“老师”泪如雨下

2008年6月中旬，鬼使神差般地通过全市公开考录，我以总分第一名的成绩从一名乡村教师改行进了国土系统，专职从事文字工作。

记得临离开校园的那晚，学校的老师欢聚为我饯行。酒宴过后，我徜徉在校园内，久久舍不得离去：大学一毕业我就来到了这所农村中学任教，我生命中最灿烂、最宝贵的十二年青春时光都倾注在这所学校里。看着学校校门口高大的门楼，想起记忆里最初那破败不堪的大铁门；看着矗立在初夏夜色中的综合教学楼那样雄伟，想起了曾经的那两幢低矮的教学平房；看着昂首挺立的一株株高大的棕榈，想起了初来学校时满地的杂草。还有那满树盛开的紫薇花，那一行行排列整齐的银杏树，操场边姹紫嫣红的一串红……无一不是我十二年任教时光的见证！

在曾经的办公室里，我一遍遍抹擦着办公桌，收拾好桌上的讲义、教本、备课笔记，整理好一摞摞学生的作业本，墙壁上“十年树木、百年树人”的大字深深地刺痛着我的心弦！一段历程结束了，明天我即将开始一个全新的旅途，人生就是在不断的变换中前行。尽管有万分的不舍，我还是站起身来准备离去。办公室的窗外闪过几个黑影，偷偷摸摸地探着头向办公室内张望着，几个熟悉的脸庞：有一周前因为捣蛋而被我训斥过的韩军，有一被批评就哭鼻子的徐晶晶，有体育班委朱海圣……“进来吧，我知道你们在外面。”几个小家伙扭扭捏捏地站到了我的面前，“晚自习下课了，怎么不回宿舍去睡觉？明天还要上课呢？距离学期结束只剩两周，要争分夺秒用好这十多天的时间啊！”“林老师，我们和值班的老师请过假了，听别的老师说，你明天就要走了，我们想来看看你！”“傻小子，老师有什么好看的？我是工作调动了，不能再陪你们了，我有时间的话，一定会经常回来看你们的！不过，你们要好好学习，这才是我经常回来看你们的动力！”几个小家伙使劲地点着头：“嗯。”

“行，你们回去吧！”

“老师，我……”

“老师……”几个小家伙欲言又止的样子，特别是徐晶晶，眼圈红红的，让我心里一酸，不忍正眼看他们。“没事的话，就回去休息吧，明天还要上课，老师说了，我会经常回来看你们的！”我扭过头强忍着泪水，催他们离开。“老师，希望您能记得我们！”韩军从背后拿出一张贺卡默默放在我的桌上，上面歪歪扭扭地写着“祝福我的老师”几个大字，贺卡下面签满了学生的姓名；陈晓美递过一瓶折叠得一样大小的幸运星：“老师，这是我在课余时间折的，希望它能带给您好运！”还有朱婷婷的折扇、薛银富的钢笔……

小家伙们放下东西就一窝蜂地出去了，我甚至来不及和他们说一声谢谢。看着桌上堆着的小礼物，虽是些做得很粗劣的手工作品，虽是些在校园小商店买的廉价小礼物，但孩子们晶莹的童心却是那样精致，深情却是那样宝贵。我一样一样地翻看着，眼泪止不住流下来……那个夜晚，小家伙们那一声声的“老师”，一直激荡在我心灵的最深处，让我时时警醒自己：我曾经为人师表，我曾经是一名光荣的人民教师！

寂寞，与心情无关

依稀记得初相识，在旖旎的风中，因为那些华彩的文章字字珠玑，因为那些重彩的文字染上了几许墨香，于是，在心中最柔软的角落，有种不知名的感觉弥漫着……

阡陌红尘之间，你我都是凡人，可是，缘分于你我，没有擦肩而过，那么，遇见，就不要错过！那么，以后的日子里，许我漫步云中，陪你闲看花开花落！

梦里几许，镜片后澄澈的双眸，浅浅的，竟醉了悄然而过的青春！于是，我在今天的春风中等你，等你越过千年的风霜，赴一个文字的盛宴！用那些断章的诗句，筑一座心灵之桥，而不是诗人笔下作别的康桥。当我挥挥衣袖时，总会有些文字温暖你的记忆，也总会有我的清泪湿润你的心房。

只因为在人群中多看了你一眼，再也没能忘掉你！花瓣，是飘在风里的一首诗，吹乱了心事，搅动了清池，如花朵在风中摇曳！

把寂寥的思绪一点点涂抹，直至有一滴紫色的泪在眼角悄悄地滑落！滴在清瘦的玻璃瓶中，滋润了摇曳的紫色花瓣！

花飞蝶舞，缠绕着温柔的絮语！花，在词阕中穿行，愿意倾其一生，来赌一次又一次的重逢。你我初见时，我用紫色的微笑装扮文字的模样，今天，在这春暖花开的日子邀你起舞！

以花的姿态盘踞发髻，虽然有些花期早已错过，但是，花蕊一直深藏着深深的叹息：在最美丽的时候，你又遇见了谁？谁又遇见我？

都说蝶恋花，那么，借我浅淡的思绪，能否附你的肩，栖息成蝶？千帆过尽后，那一片片飘落的花瓣，能否再次环抱？好想，用我一生一世的孤寂，陪你望天边云卷云舒！

就这样，陪你穿越时空，赴兰亭之约，为你写序，一指一语！斟一曲高山流水入樽，一声一字，一乐一知音，等你读懂紫色的风景！等你汲取紫色的花瓣！等你共赴盛唐诗篇！

有些文字与爱情无关，有些心情与思念无关。就如此时的我，安静，却又与寂寞无关……

第五辑　大地行吟

西溪组章

引　子

那是一个烟雨的黄昏，当我踟蹰而行，步入这方天地时，世俗烦躁的心在泰山寺传出的厚重佛音声中突然寂静下来，“笃笃”的木鱼声一下一下敲打在心灵的边际，甚至是应和了心脏搏动的频率，撞击着全身的血脉。眺望天青色中沉默不语的海春轩塔，触手可摸的古城墙斑驳了往昔的记忆，悠长的梨木街延伸到目光的尽头，八字桥下的潺潺流水依旧一路欢歌，见证董永七仙女悲欢离欢的那棵老槐树翠绿的枝叶簌簌摇曳，而远方，姹紫嫣红的花花草草环绕着仙湖，有白色的水雾缓缓升起在半空中，美得令人心悸。瞬间，有温润的泪珠从脸颊滚落。“为什么我的眼里常含泪水，因为我对这土地爱得深沉！”古镇、老街、小巷，青砖、黛瓦、黄墙，时光飞逝，繁华沉淀，一如这天空飘拂的雨丝，撩动几许愁绪。

西溪，我来看你了！

塔

突兀而起的砖式结构，顶上飘摇着几株枯黄的不知名的草，彰显着古朴沧桑。你从降临捍海大堤西侧的那一刻起，就用“海春轩”作为指引出海先民的痕迹，刻在历史的长卷上一千多年。一千多年啊，该是怎样的如佛入定、不改当初的心意？

距离就在转身的每一瞬间。那年那月那时那人，穿戴好装束，吻别熟睡的孩子，拥抱含情待归的妻子，迎着滔天的海浪决然而去。而你——海春轩，从此就成为西岸上日夜守望的倩影，塔不倒、灯不灭、心不死，这一等就是千年，一等就等成了南黄海岸边的“望夫石”。思念像疯长的草一般萋萋了你七级的身躯，八面悬挂的铃铛在风雨飘摇中召唤依旧，远航的人儿是否听见了你苦守的哀怨？在外的游子啊，梦牵魂绕斩不断你手中的那根长长的相思弦！那残缺的砖块，是否是日夜守候盼归的丽人倚塔磨破的情愫？

定海神针，你定住了多少思乡的泪？

寺

一如你的名字那样厚重——泰山护国禅寺，所在之地，江淮之左，东濒滔滔海水，西襟沃野平原，非山非石，土坡之上，却难掩禅宗的庄严。

九百多年的紫霞真身，成就巍巍庙貌。怒目金刚、睡卧玉佛，辉映着高耸的大雄宝殿、东岳殿、碧霞宫、四大名山堂、梵韵堂、钟鼓楼、观音殿。每个清晨黄昏，肃穆的梵唱深远悠长，飘过寺前的通圣桥，弥漫在乡野之间，袅袅不绝。那声声菩提灌顶的鼓声，那清脆涤心的磬钟声，祈求着四季的平安。

国泰民安，福地寺盛；大名古刹，绵绵不绝。泰山寺，把西溪的昨天、今天和明天连起来，深深地浸润这方土地，在缭绕的香火烟气中进行着世代的传唱，让不计其数的祈祷把西溪的内蕴撑得巨大与经久，把西溪的未来隐藏得深厚与雄强。几番损毁、几番重建，不再是青灯古佛、一卷禅经。那一次次浴火重生后的洗礼，是苍天祐我中华、庇护一方民众的大义，禅水云心，香火不绝，正能量不断，拼接成中华民族伟大的复兴梦。

菩提本无树，明镜亦非台。本来无一物，何处惹尘埃。

城

西溪的历史，蕴藏在勾栏斗角的瓦当下、青砖里，不仔细搜寻是断然不能发现的，这也正是西溪独有的风情，需要用心去聆听和体会。巍巍的古城墙，宛如时光老人脸上千壑纵横的皱纹，一块砖、一片瓦、一道道白灰抹过的墙缝，正是一页页泛黄的史册，默然展示着她的精致、内敛。

叩响虎型黄铜门环，推开朱漆的木门，“吱呀”声在遥远的角落回荡。栀子花开了又谢、谢了又开，“无可奈何花落去，似曾相识燕回来，小园香径独徘徊”，晏殊的晏溪书院不再，而那烟雨中上下翻飞的春燕，仿佛在古城的上空呢喃着一段旧时光。衣袂飘飘的，可是弓腰亲植牡丹的吕夷简？花犹在，时非昔，而香气久留。那位“先天下之忧而忧，后天下之乐而乐”的布衣丞相范仲淹，正抱着一捆稻草夹杂在穿行的人流里，沿着海浪的冲刷线一步一步向前，一个个脚印深深地留在苦咸不堪的盐碱地上。

时光永远是这样，后来者总会覆盖掉前人的踪迹。但是城墙不倒，城砖不朽，两淮海盐的集散地就还是让西溪始终驻留在那个薄雾缭绕的清晨。烽火台前，箭垛之下，一曲小桥流水，一首殇殇离歌，起起伏伏，追逐着西溪的过往、现今和憧憬!

桥

“一步两顶桥，两桥通三岸。”晏溪河上，雄河岸边，独特的“八”字造型，被深深地嵌进了西溪的底蕴。桥面上的小砖、桥栏上的青石条，因为历史一遍又一遍的涤荡，磨砺成了西溪的象征。

无论时光如何变幻，八字桥始终以它独居的魅力傲然屹立，静静地横亘在流淌的溪水之上，看着云卷云舒的倒影变化莫测，看着欢快的鱼儿穿梭往来，看着两岸的风景四季更替，看着沧海桑田日月轮回，让任何一位史官的笔墨都为之黯然失色。晏溪河波光里的灯光，像是那酿了又酿的陈皮酒一般香糯醇厚，醉了画舫里的笑声；梨木街上的褶子门散发出桐油的清香，三里长街的古栈道上丽人孑然而行，长长的倩影拖曳着记忆的潮水。

而石桥，不为之所动，醉了也罢，孤独也好，始终静默不语，睿智地看着这一切，任由桥下的流水由咸变淡，任由桥上的人由稠变稀，任由河水夏季充盈冬日形容枯槁，不改自己的一丝模样。

八字桥，站成了西溪一道亮丽的风景线。

水

西溪是水做的。

水是历史研磨的墨，挥洒之处氤氲着厚重的记忆。西溪就是这样，浓墨重彩的记忆，细微到一株草、一朵花，甚至是一粒尘埃，都镌刻着历史的记忆。

西溪，因水得名；西溪，傍水而依；西溪，夹水而生。串场河啊，东台的母亲河，从西溪的外围蜿蜒而去，犹如母亲温暖的怀抱将西溪紧紧相拥在宽厚的胸膛。辞郎河、蚌蜒河正是母亲汩汩而流的乳汁，滋润着这片原本贫瘠不堪的海边不毛之地，而泰东河、通榆河则是母亲身上的牵连精血的动静二脉，一头连着心脏，一头连着她的婴儿——西溪，共同演奏着生命的乐章。在汲取了来自母亲的一切营养后，水韵西溪凸显出江南女子的婉约与灵韵。

因母亲河日复一日的忠贞与虔诚，西溪恪守着纯净的灵魂和日夜的向往，奔流到海不复归。西溪始终以理性的承诺、小家碧玉的温润，绽放着水莲花般的情愫。

水，成为西溪的图腾。

树

枝丫茂密的老槐树，当他以善良的化身、月老的象征来到西溪的时候，恐怕也没有想到因为自己的千里姻缘一线牵而造成了天上人间、生离死别的一段佳话。

在董永以感天动地的孝行卖身葬父时，一个女人走进了他的生命。剧情的发展是典型的中国古典式爱情：隔绝红尘的爱情事实上总是纠缠了太多的俗气。七仙女也没能够免俗。牛郎、短笛，溪水、牧歌，一切的一切在初识情事的仙女眼中是那样超凡脱俗、不沾尘气。但是当女方的家长以决绝的态度勒令七仙女摒弃一切的幻想、回归仙界的时候，仙女还是屈服了。

缫丝井边，摩云庄上，辞郎河畔，舍子头前，跌落的两只绣花鞋替代了咿呀学语的孩子对娘亲的声声呼唤，凤凰池成为董永记忆里的一泓清波，所谓的爱情终究敌不过王母娘娘手中划动的金簪，徒留一生的思念。

而老槐树作为这一切的见证者，他以弱抗强，硬是扯起的那根红线，就这样生生被拽断了。树的年轮代表了他的沧桑，可是代表不了他可以预见到结局，无以复加的内疚让他老泪纵横，独自依偎在土地公公的宗庙旁，用现代的连心锁、盟誓牌演绎着新的神话。

不食烟火的爱情，终究是天河的流水飘在空中。

湖

仿佛是上天的特别眷顾，仙湖傍园而生，那清澈如镜的浩渺水面，守住了西溪的一切过往。波光粼粼，拍打沙土的岸边，一簇芦苇、一群野鸭、一叶扁舟，在西溪的根须上缓缓拨动着。

远处的樱花开了，近处的桃花粉了；枫树的叶子红了，海棠羞答答地微露出笑脸。树冠宽大的女贞，如同排列整齐的方阵，细数着西溪的点点滴滴。湖面上升腾起如烟似线的水汽，夹裹着各色花香的味道，直直地沁入心的最深处，惬意得每个毛孔都舒张到了极致。倘若摇动一柄桨橹，戏水湖上，就堪比当年范蠡和西施泛舟浣水了。

仙湖的姹紫嫣红和喧闹，与西溪整体的静谧相映成趣。不单单是一面湖水那样壮阔，还有千姿百态的植物园，还有绿色无公害的有机蔬菜，还有人来人往的休闲健身场所，在古朴的历史边缘，承续着现代农耕文明的香火。

湖水，不经意间成就了西溪的壮美。

尾　声

回眸凝望西溪的时候，已是华灯初上。盏盏升空的孔明灯，照亮了西溪，照亮了历史，也照亮了游子前行的路。广场上婚博会正如火如荼，“小小的新娘花，你是否还记得她？如今的我们早已经长大……”一曲《小小的新娘花》婉转曲折。我不知道，西溪地下的董永以及九天之上的七仙女是否能够听见这首歌曲，但是，我知道的，西溪——东台的发源地、东台的根，正以前所未有的风姿绽放绚丽的色彩！

故乡新街

引　子

心底，总有一湾柔波，轻轻地拢着故乡的气息，甚至不敢深深地呼吸，生怕不经意之间就会吹走有关于故乡记忆的片段。这些年，当我的身体渐渐离开故乡的时候，内心深处却总是被乡情的那根线牵得隐隐疼痛，这不得不让我一次次转身回望自己的衣胞之地，在心内的一泓碧水之间荡起涟漪。

其实，我走得并不远，故乡离我也不远。故乡东台市新街镇，地处南黄海西岸湿地深处，东拥波澜壮阔的大海，西接里下河平原，南临江海第一门户南通，北望徐淮大地，自古煮海为盐，风餐露宿。清朝末年，南通籍状元张謇北迁民众，废灶垦荒，兴水利、植桑麻，筑高墩、种稻麦，洗盐碱、育棉花，始成集镇。年轻的我，对于同样年轻的新街并没有太遥远的记忆。然而，故乡的点点滴滴，总如同中国画上氤氲的淡墨，在刹那间撩动我思念的不尽愁绪。

方塘河畔

蒹葭苍苍，在水一方。方塘河从古老的漕运串场河汩汩东来，一路欢歌穿过集镇，日夜滋润着南岸的繁华与北岸的沉寂。灯声桨影里的呢喃，彼岸袅袅的炊烟，此时绵绵的记忆，都在潺潺的流水中洗尽铅华。一侧，大圩横亘沃野、斜倚不语，河坡满目的翠绿，意杨倔强地伸展着紫铜色的枝丫，在河畔静静地守望。那始终生机勃勃的滨河风光带啊，是故乡四季不变的牵挂！

碧绿的水草诉说着百年来的惆怅，灰白的芦苇花摇曳着农人收获的梦想。清澈见底的河水，斑驳裸露的两岸。多少年啊，因了方塘河的存在，肆虐的水患绕道而行！多少年啊，因了方塘河的通畅，两岸的麦花开了又落！沧海桑田，斗转星移。河畔的风依旧不改昔日的模样，离人的眼泪一路飘落，世间的景色已非当年！

朝霞初升，印染河桥缝间草尖上的露珠，绽放炫目的色彩；渔歌唱晚，余晖洒满罾罾的每一道竹篾，那是母亲呼唤晚归孩子的期盼。河蚬肥硕、河蚌鲜美；河虾剔透、河蟹膏腴。一方水土养育一方人，美丽的方塘河啊，新街的母亲河，多想一直畅游在你暖暖的怀抱，温馨如初！

九莲禅寺

莲生九朵，花开灿烂。青灯古佛，菩提妙法。那映在绿树丛中的寺院，杏黄色的院墙，青灰色的殿脊，苍绿色的参天古木，全都沐浴在清风朝露之中。葱郁遮掩之处，俨然一派净土。该是怎样的一番修行啊，终凝聚成这华严教宗的端庄？多少个日月轮替、晨钟暮鼓、香火缭绕、梵唱不断，大慈啊大悲啊，时间的一切凡俗在此都幻化成入定的观音自在。曈曈佛影，巍巍佛塔，雄伟宝殿，静卧的玉佛慈祥地微闭着双目，那是普度众生的妙指莲花啊！

灿灿阳光，被纵横交错的廊檐切割成一束束斜斜的光柱，碎金般洒落庭院。微尘翻滚，平等众生又何尝不是这大千世界里的千万粒尘埃？穿过长长的迂回的长廊，听见风儿在耳边低声巡游、祈祷。经声如雨啊，一片一片，在屋顶、树梢间、竹丛里荡开，远逝。时间与空间，在生命缓缓铺开的宣纸上，泼墨前世、今生和未来！

寺内，安详静谧；寺外，潺潺流水。竹岛上疏影横斜、竹影婆娑，方塘河在此轻妙地微微转身，留下一宗美丽的传说。本岛之上，仿若可见昔日的盐民匍匐磕求平安；九岛连环，依稀是一番国泰民安盛世繁华的景象！在唐诗宋词的呼吸里，寺庙穿越数百年而沉默如斯，所有的喜怒哀乐、悲欣交集，都在那沉重的佛音中湛然明了。“风动心摇树，云生性起尘”，现实的尘埃里，谁又在书写着如花凡世？

生态苗圃

新街之北，生态之源；方塘之东，万亩苗木。一个世纪以来的孜孜追求，故乡的人民洗盐脱碱，一代代书写着四季不断的绿色长诗。三季花开，四季常绿。村在林中、路在绿中、房在园中、人在景中。花有月季、蔷薇，草有细叶、阔带，树有水杉、意杨，木有青松、紫薇。步入那方天地，恍如置身天然氧吧，细密栅栏衬托着典雅的银杏、绰约的女贞；青砖小桥守望着多彩的栾树、高贵的玉兰；农家院落珍藏着遒劲的黄杨、典雅的罗汉松……故乡的苗木，不仅是一道别样的风景，更是生机盎然的“绿色银行”，装扮了乡亲们精致的生活。

竹声如箫，悠远神秘的乐曲如水般柔柔倾泻；落英缤纷，娇嫩柔美的花瓣似舞者翩然起舞。远方，陌上，云在笑，花弄影，斑斓的蝶儿翩然起舞；近处，风低语，水无言，鹅黄的桂花直沁心脾。灯花闲落处，满树细碎的紫薇随风徜徉，清新馥郁的幽香扑面而来。“又有清流激湍，映带左右，引以为流觞曲水，列坐其次。虽无丝竹管弦之盛，一觞一咏，亦足以畅叙幽情。”倘若建上一座兰亭，王羲之的风雅亦不过如此罢了。

林间小道，移步换景。沿一条小路，行进而入。两侧是茂密的树木，低垂的树枝在肩头绽开一片片绿意。目光掠处，红枫点点，装扮着艳丽的色彩。清澈见底的河水，如一条淡绿的丝带静静穿过村庄的长廊，泛着柔柔的微光。偶尔，有垂钓的鱼竿，于姹紫嫣红中轻轻抛出鱼钩，在河畔守候着惬意的时光。没有山峰的突兀嶙峋，没有睡石的玲珑诗意。方东万亩苗圃像和蔼的母亲，淡之若素、不改芳华。

船舶救生

海水无情，生命可贵；船舶救生，呵护安全。曾几多时，星帆点点，潮涨潮落，历史的故乡在铸就着官盐盛世的同时，也饱受着潮水肆虐的煎熬。面对大自然，所有人为的力量都显得那样渺小，生命在汹涌的大海面前束手无助，甚至无望。千百年啊，乡亲们站在红红的盐蒿地上膜拜大海、祭奠离人，泥泞的滩涂印满跋涉的艰辛，一路洒落遥远的思念。

救生衣，救生筏，救生灯，救生烟火。从手工到自动化，从小作坊到大公司，故乡在一次次亲人离散的阵痛中裂变——如同雨后春笋般崛起了数十个船舶救生装备制造企业。远航的时光，被先进的船舶救生装备拖曳得很长很长，也被齐全的船舶救生装备守护得平平安安。从此，那耀眼的救生色彩——橘黄，成为新时代故乡另一张亮丽的名片。

生于忧患，止于安乐。滩涂上，乡亲们的姿势依旧站得那样刚强，大海依旧是那样变幻无常。故乡的船舶救生装备并没有囿于南黄海的滔滔浪声，而是在网络的传递中，悄然走出国门，铺开在大西洋、南极洲的每一艘疾航的船上，给他们带去生命的安全感。那一件件橘黄的救生设备，不啻为他们装上了天使的翅膀，遨游在碧空蓝天。故乡的安详，物阜民丰；世界的安宁，大爱无声。故乡，用绚丽的色彩诠释着这样的含义：每一个生命都是值得尊重的！

尾　声

九总养鸡，双洋种韭；东闸大棚，陈文方柿……我不知道还需要多少笔墨来描写故乡的日渐繁华？回眸那一条条灰白的水泥路纵横交错在昔日的泥泞之中，回望那一台台轰鸣的收割机开足马力驰骋在当年的盐碱地上；半片街的市井生活已经在岁月的磨砺中失去光华，通泰路的灯红酒绿却正诉说着故乡的日新月异。那悠悠不尽的新陈河啊，那潺潺不息的潘堡河啊，百年守望、绵绵不断！

故乡新街，新街故乡。她，没有烟雨江南的婉约，也没有青山绿水的壮美；她，没有怀抱大山的伟岸，也没有傲视江海的豪迈。但是，她，始终就像那一坛埋藏了数十年的女儿红，历久弥坚、醇香永远，时不时地散发着浓浓的思念，让我在不经意的啜饮中，陷入沉沉的醉意！

残红消处，莲蓬已成

家乡同学从微信上发来一张图片：一处池塘，数枝荷花。图中取景之处，水波清澈、荷叶硕绿，荷花已经凋落，半耷拉着漂浮在水面，被水浸泡着的花瓣已经微黄而卷起。

不限于此，他还附带写了一句话扔给了我：再不来看荷，过几天就只能吃莲蓬了；倘若仍不来，那就只能在中秋时节吃莲藕了。

盛情灼灼，跃然纸上。

其实，之于同学所拍的这处风景，我是再熟悉不过了。这个位居中国最美村镇——江苏省东台市新街镇北侧的村庄就是我的老家所在地。同学发来的荷，也是我最为熟悉的水生作物。只不过，在家乡，断然不会有人去池塘里采莲淘藕的。

家乡人的眼里，荷是一道风景。衬托着这处风景的，还有村子里的芬芳花草、葳蕤树木。

沿着幽静的小径，掠过两旁露水欲滴的波斯菊，各种色彩的细碎花瓣悄无声息地攀上了裤腿，尘埃留香。青砖铺就的路上，苔藓苍苍，细细密密，柔软无比，惹得人不忍心用力踩上去，脚步瞬间就变得轻盈起来。这个时候，倘若是披一袭长裙，该是能跳上一支圆舞曲的，不要旋律、不要伴奏，那花间的灵气足以让人飘逸。

小径的尽头，是一尊宽厚的卧石。四周韭菜叶般的草尖，挑着细长的叶露，撩开她质朴的面纱，是低眉蹙额的农家女子含情而笑。初秋的枫叶，已经洇红了脸颊，躲闪在宽大的女贞树叶后。一阵风过，白皙细碎的女贞树花簌簌而落，斑驳了一地的光阴。

在林间，红豆杉的针叶油亮而厚实，一两颗扁平的红豆掩映其中。在她的后方，攀缘的丝瓜吐露着蕊黄，手掌般的叶子随风而动，那是一种召唤，呢喃地诉说着“此物最相思”。有水从青砖白灰的桥下潺潺而行，流水两侧，是利剑般的菖蒲，亭亭而立。

桥端，两株繁华盎然的紫薇比邻两侧，一株是粉色的花，清婉窈窕；一株是纯白色的花，清秀倜傥。这该是怎样的虔诚守候，才能获得今生的对视？一路之隔，相拥是一种无望，可即使是根不能相连，却约定在云端里执子之手、缘定三生。调皮的桂花是传递讯息的丫鬟，抿着嘴偷偷不语，那一簇嫩黄的花，是散发着情诗的罗帕，香韵溢满整个林间。

再依次站立着的，就是栾树、榉树、垂槐和翠柳了。

在这些宽大的树木间，隐约可见红瓦白墙的人家，还有鸡鸣、狗吠、人声。穿梭在郁郁葱葱之中，心境会变得沉寂下来，就连心跳，也仿佛缓慢了一拍。周边集市的繁盛，也只是鼓了家乡人的钱袋，却没有能够改变家乡人的慢生活。他们仍旧依照着百年之前北上垦荒的启海人家的气质，举手投足都是不紧不慢的，包括那些羊啊，鸡鸭鹅啊，都以一种慢下来的姿态展现着别样的生活情调。

同学所拍的池塘，在村子的一隅。塘边，是张謇亲手种植的一棵水柳，半傍池水半倚黄土。柳枝苍虬，柳条轻垂，柳干瘤结。池塘的另一侧，是垦殖文化馆，灰砖白墙，偌大的院落里立着一些人像雕塑，有烧海水煮盐的，有垦荒植棉的，有拓桑养蚕的，那些古铜色的雕塑无一不散发出拓荒的魅力。

家乡的人由此也衍生出一种生活习性：每挖走一棵树，必定会种下三五株树苗。投桃报李，换来的是家前屋后绿色的“银行”，一茬茬树运往了全国的各大景区，家乡的绿意却并不因此而贫瘠，相反更加绿意苍茫。

伫立池水边，看一池秋水沉默不语。偶尔，有欢快的鱼儿从水面倏然而过。其实，家乡的每一寸土地上都有风景的色彩。家乡人之所以断不会去采莲淘藕，是因为念念而生的荷，不仅装点了乡村，也装饰了农人秋收的梦境。

美是从内心而生的。如同眼前，荷花残红消退之处，莲蓬已成。

天台有仙入梦来

世间万物莫不是这样：行山戏水，境由心造。

在天台，陶醉于万般天籁，惊叹其鬼斧神工，“千岩万转路不定，迷花倚石忽已暝”，山荇荇、水澹澹，景观迥然，令人神往。沿途的树、花、寺、观、茶，任意一处，皆为人间至物，直沁心脾，顿生欢喜。

单赏一景，已觉词穷。同行的友人笑问我有何感触，我憋了半天才冒出四个字：“天台灵秀。”是呢，早在东晋时期，孙绰在《游天台山赋》中就极尽溢美之语：“天台山者，盖山岳之神秀者也。”“穷山海之瑰富，尽人神之壮丽矣。”就连纵观大千、山水皆览的李白也顿生“龙楼凤阙不肯住，飞腾直欲天台去”的感慨之情，足见天台山水的胜状。

“仁者乐山，智者乐水。”北纬 30° 这个神秘的地域，总能给人以别样的绮丽风光。包括这眼前的天台，要山有山、要水得水，且有古树、古茶、古刹、古道、古昔传说，终日与之为伴，似仙境、似梦境，令人如痴如醉。

初见天台，一例是裸露的石，未见奇特。然而，渐入山间，眼眸便被定住一般，再也无法挪开。山外，酷热难耐；山内，心境清凉。

倘若只是如世人所说，天台的石是一幅泼墨山水，我觉得会亵渎了它那么久的存在。那些石头啊，更多的是展现了一番烟火人间。触目近处，高低不平的石，是天台的禅修者，合十而立，念念有词，肃穆静然；山间，松涛阵阵，呼啸而过，那是醍醐灌顶的晨钟暮鼓；任是怎样的喧嚣，屹立的石不为所动，沉寂于自净的世界。抬眼望去，映入眼帘的是一座座矗立的石峰，峰极削瘦，其中一石，似有一臂环于额前，若在探望远方。那是等待心上人回来的望夫石吗？站过了三生三世，站过了经世繁华，终究站成了一道悲情的风景。与之向背的，是一柱冲天的石，依稀可见昔日玉树临风的俊雅，一道深壑则隔开了这绝世的相守。翠山呜咽，风鸣不止，那是一声无奈的叹息啊！再度极目远眺，山顶之上，氤氲缭绕，莽莽苍苍，不见边际，有金色的阳光透过青黛色的墨绿，点点滴滴抛洒在白雾之间，煞是好看。偶尔，有纯白的絮忽缓忽急飘过，那该是天上的神仙踩着云朵，于缥缈之间，不断笑意盈盈地注目这苍山绿水吧？

石头，成为天台最为沉默的侍者。无论人间沧桑，无论繁华纷纭，石头皆不语。它包罗万象、容纳万千，以一种最为原始的虔诚，守护着天台的一树一木、一花一世界。

行途中，渐入花海。

高山花海，是天台的另一绝。广布千米高山的云锦杜鹃，龄逾百年，古干如铁，虬枝如钩，枝繁叶茂。暮春初夏之际，竞相开放、争奇斗艳，淡红嫩黄、艳而不腻，一树千葩、似锦若霞。

环顾整座山，状若花瓣。立于花蕊之上，四面外翻的峭壁是那丛生的嫣枝，在层峦叠嶂中，宛若一道细密的波痕，这波痕一圈一圈荡漾开来，浸染了整座山林。如果说天台的石头是一位不施妆饰的农家女，那么，这浓烈得化不开的杜鹃花，该是一位惊艳绝世的美人了。那一蹙眉，是风掠过花枝的颤然，怜惜之意油然而生；那一低头，是风摇曳着茎秆的不舍，仿佛要伸手拂去香腮的泪；那一颦笑，是清风揽花香入怀，亲吻微翕的鼻翼，耳鬓厮磨，呢喃细语，吹气如兰，许下今生的承诺。

沿灵溪迎水而上，“潭面无风镜未磨”。

两侧，是笔直的绝壁，浓密的藤蔓自上覆盖下来，偶有一两根伸开五指，在风的鼓动下，戏弄着水面。人立舟上，舟行水间，渺渺天地。那一种静，是一切归于朴真、不动声色的，就连木桨撩起的水，都好似捂着嘴悄然钻进了碧透的水中，生怕自己的呼吸声会惊扰了这幽静。那水，深远得望不见底，高大的山峰倒映水中，恰似“白银盘里一青螺”。中间是水洗过的蓝天，缀着点点的白云，缓行的舟，时而蹒跚在山巅，时而飘浮于天空，令人心旷神怡。静谧，是此刻最为惬意的享受。倘若可以抛开尘世间的种种，我倒宁愿徜徉于这样的溪中，一山、一水、一舟、一人，一柄钓竿、一顶斗笠、一身蓑衣，终老一生，何等舒适？

天台的水，不只是静。

在龙穿峡，随处有飞瀑直挂川前。那瀑，低矮处湍急汹涌，白沫聚生，水流旋转而下，轰鸣之声不绝于耳。半山腰，一袭白练当空舞，飘飘洒洒，细密的水雾钻过行人的发梢、耳际，盘绕在温热的颈脖间，凉丝丝的。顶端，万条溪水汇聚一流，款款而下，以奔袭之势夹裹内劲。蔚为奇观的是，那石梁之上，飞速直下的激流一波三折，跳跃不停，或停留于险峻的石条之上四处飞溅，或穿行于狭窄的沟壑边隙潺潺而过，或躲避于湿滑的峭壁边缘汩汩流淌。

置身这样灵性的山水，所有的尘埃都被清澈的水涤荡无存，还有被尘埃蒙着了的灵魂。

我以为，这样的涤荡已经足够。是啊，在大自然中的洗礼，永远是那些人造景观无法替代的！然而，同行的友人执意要去看看天台的寺庙、道观，他说：“这是佛教天台宗和道教南宗的发源地，更是活佛济公的家乡。”言辞虽简，却说得我怦然心动。

“佛修尘世，道归仙然。”在我的印象中，大部分的寺庙香火繁盛、香客不绝，于一饭一粥中，参透前缘、今生和来世；而道观清秀卓然、不着尘粒，拥天地之精华，修得道、飞升和成仙。两种截然不同的修身之术，怎么能够并然而存呢？

寺，依然是建于尘世间，饱经沧桑，这从国清寺门前的石刻上就可以感受到。天台山是中国佛教第一个宗派的发祥地，自三国初期有禅师结庐于此至民国期间，先后有一百一十四座寺庙在繁华与衰滞中更替，现存有寺庙四十八处，而以国清寺为瞻。隋塔巍巍，松柏苍翠，大德高僧在“归来香风满衣械，讲堂日出映朝霞”的意境中坐禅。

禅修，修的是心。

我历来认为佛教是入世之物。试看凡间种种寺庙，莫不是在人声鼎沸之地，开坛讲经，兰指拈花，玄学广奥，引得香客膜拜，投钱掷币，在大俗中入禅入定，不为心动，求得普度。济公更不例外，嬉笑怒骂，游戏人间，举手投足之间，哪有半点出家人的威严？有时候，我甚至想，在这样的青山秀水中，济公的种种言行举止，与周边的环境该是多么格格不入？人间的烟火气熏得济公面容已改，但这也不能阻止济公成佛的脚步，“酒肉穿肠过，佛祖心中留”，这又是何等的呼唤与呐喊？在封建等级制度甚为严厉的社会状态下，这种放荡不羁的修炼，现在想来，倒也不啻于是对禁锢心灵枷锁的一种挣脱。由此，我想到还有那些曾经在历史时空中出现过的僧兵，原本敲钟鸣鼓、击磬念经的一双双手，却偏要挥舞着刀枪剑棍、冲杀沙场，即便内心有万般的不愿，然而“普度众生”偏不是注重形式。从滚滚硝烟中做到“放下屠刀、立地成佛”，又是何等令人向往？

阅尽寺庙的繁华，再去看道观，却是另一番景象。二十二座道观分布于天台山的各个角落，且地理位置皆为人迹罕至之处。倘不是天台如今成为风景名胜区，无人指点路程的话，恐怕来循迹道教的影子都是枉然。立于桐柏观前，脚下云涛翻滚，耳边山风猎猎，微闭双眸，心神闲定。我不知道葛洪、陶弘景等道士，在天台的修炼最终飞升没有，但是仅看道观之所在，那种“抱朴归真”的无为哲学理念，却是透彻入骨的。

太虚圣境，渺无一物。

自古，道医一家。轻抚炼丹炉，内心感慨：所谓的“长生不老”，不就是人们对生命敬畏至极而产生的一种美好愿望吗？

久久徘徊于那太极与八卦组成的玄机之中，待挣脱出来，赫然入目的却是儒家理学的另一集大成者朱熹。朱子的高明之处，不是继承，不是创造，而是大融合。他从佛道中汲取精华，融会儒家理念，自成一体。而这种儒家“仁者爱仁”的观念，又潜移默化着周边修炼的僧人、道士，最终达到天人一色。

暮幕苍茫，夜宿天台。

友人溪边煮水，沸水入茶，腾挪扭转，一盏香茗，曰为“云雾”。端之入喉，茶韵悠长，唇齿留香。睡席是棕褐色的葛蔓编织而成，枕芯是干燥的茶叶及几味中草药。山间的夜格外清凉，虫鸣、泉声，偶有鸟儿“啾啾”之音，回荡林中。茶几上，壶中热水渐冷，然氤氲不散，我在满室兰馨中悄然入梦。

倏然见朱子，正行走山间，衣袂飘飘，临风而歌，心怀苍生，悲怆涕下，身后是一排排衣着各异的子弟，竟然有僧人、道士夹杂其间，青衣灰帽，甚为壮哉。

脱靴追赶，众人不为我所动。惊醒，坐起环顾四周，方知日间所见万物，皆化梦里。

桃花十里，怎及我来看你

去新街的时候，正值人间四月天。

这个以花花草草闻名遐迩的小镇，仿佛一碟打翻了的调色盘，满目金黄色的油菜花，开得惊艳一片。然后，高高低低的，就是灿若笑脸的桃花了。粉色的、大红的、玫瑰红的、白色的，挂满了青铜色的虬枝。与低矮处的金黄重叠出立体的色彩，密密匝匝的，喧闹成一处。

惊艳与喧闹，是属于那些花儿的。

在这个芳香四溢的时光里，到方东村去，去寻觅一处幽静的女贞林，捧一本写满青春记忆的诗集，坐在林中的石头上，听着簌簌的风从头顶掠过，看不远处青砖白灰的拱式小桥，有清澈的水从桥下流淌。每一分每一秒都凝滞在这样的幽静里。或者，也可以在女贞林里漫步，踩着昔日的落叶，松软的心思也好似要从土壤中破芽而出一般。偶尔，也会有一枝桃花从稀疏的女贞树冠上探出头来，调皮地吐着鲜艳的舌头，笑碎了一地的光阴。

倘若还觉得不够，那就随意地去村头街尾坐坐吧。

陈文村的池塘，已经密密麻麻地布满了嫩绿的香蒲，再过些时候，鹅黄色的蒲花会浸染整个水面。那飞临于池塘一角的亭阁，被郁郁葱葱的五针松包围着，垂丝海棠的花儿像小铃铛一样摇曳着。三三两两的农人惬意地坐在色彩斑斓的小石径上，手边是一两副锄头、钉耙。他们用缠绕在手臂上的毛巾擦去额头上的汗，兴致勃勃地聊着远方田野中即将来临的收获；耳边，是归来不久的燕子呢喃不停，跳上蹦下的，毫不忌讳眼前的人们。新栽的桃树已经开出了这一季的花儿，一个个绷足了劲儿地绽放。高高低低的，还有洋葱紫色的花球，惹得金黄的蜜蜂忙不迭地飞舞其间。

或者，这些还都不够入眼帘，那就去街北村的亲水平台，也是一个不错的选择。

浩渺的方塘河汩汩东流，深褐色的木栅栏如同排列整齐的琴键，在阳光的照耀下，挥舞着曼妙的身姿。起起伏伏的土山，突兀出一处可以摇摆的座椅，斑驳的铁索讲述着并不遥远的过往。微尘在沙漏般的空气里滚动，午后静谧的空气，从岸边的竹林中慢慢渗透出来，一股彻骨的清凉直沁心脾。还有，那些拽着一根线操纵着纸鸢的孩子们，在高低不平的草坪上奔跑着，身后洒落一地的笑语。有桃花从木屋后微探着身姿，俯瞰着潺潺的河水，春风过处，花瓣上的露水晶莹欲滴，映射着七彩的虹光。

当然，这微醺的春天，去启海人家看看也是不错的。

白墙灰瓦，飞檐斗角，掩映在参天的水杉树下。门前，是阔叶覆盖着的一垄垄草莓，风儿调皮地掀起草莓上的面纱，鲜红的草莓像盛装待嫁的新娘。还有一簇簇的鸡冠花、一串红，单叶的花瓣忽闪忽闪的，涂抹着一层柔嫩的粉。慵懒的大黄鸡摇摆着从花间穿过，亮丽的毛色辉映着各色的花儿。“林家小栈”的木牌，古香古色的。间或，有一两声狗吠从浓密的花草中飘出来。

当密密的细雨迷蒙成一片的时候，九莲寺的木鱼声就会一下一下轻叩着心扉。

所有的尘埃均在此落定。花丛中的寺庙犹如安详的长者，伸手过处，拂去游子身上的疲惫。所有的喧闹在此刻都肃穆庄严起来，包括墙头上的那些花儿。一队禅修的居士从眼前路过，他们虔诚地合十双手，微眯着双目。青灯古佛，钟鼓不绝，香雾氤氲，那该是怎样的一种安之若素？远方，是一线青黛色，微凉的雨丝从天空牵扯下来，扯得让人心生归隐之意，那些经世繁华中的花花草草啊，在此刻都是禅意的修炼。

目光过处，新街，依然是繁花不已。

可，纵有桃林十里，又怎生及我亲身近你？桃花灼灼，又怎生及我亲手抚你？桃蕊纷纭，又怎生及我亲眼看你？

新街的韵味

新街，“新”得有些出乎意料了。

以至当懵懵懂懂地再次闯入她的怀中时，竟然有些许的手足无措。新街，这个南黄海西岸宁静的小镇仿佛经过了数冬的蛰伏、蜕变，好似“家有小女初长成”一般，出落得亭亭玉立，她的举眉蹙额、一颦一笑，在宁静的乡村兀自显得与众不同，甚至不带有半点的世俗烟火气。

昔日的新街不是这般。

由于地理位置的先天不足，再加上沿海气候的循环影响，“晴天一身灰，雨天两腿泥”“车子跳，新街到”，这些饱含辛酸的民谣蕴含了新街几代人的无奈。作为刻在骨子里的故乡，多少游子对其爱恨交加，曾经的闭塞与困苦，阻挡了多少游子回家的路?

如今，路，已经四通八达，平坦宽阔。

远处，青砖，白墙，鸡鸣，狗吠。

这还是记忆中旧时的模样吗？在暮秋的晨光里，薄薄的轻雾笼罩在方东万亩苗圃之上。眸光波动，到处都是花花草草和高高低低的树木。

即使是在这样迷蒙的晨雾里，也容易辨认得出：那宽宽的树冠上碎金般芳华的是女贞，那姹紫嫣红、开得毫不设防的是紫薇，那高贵独立、簌簌作响的是栾树。

花草树木焕发了新街沉睡的容颜，也装点了新街人追求的梦想。当年种下的一粒粒花籽、一棵棵树苗，如今成为新街人的“绿色银行”。生态新街，绿满华夏。当一株株树木、一盆盆花草从这里运向全国各地的时候，小镇沸腾了。

就像此刻，晨曦迫不及待地撩开小镇寂静了许久的面纱。

远处升腾起几缕袅袅的炊烟。

尽管还打着哈欠，乡间，已经响起了启海人家扛着锄头去田头晨作的急促脚步声，应和着在树冠上不停蹦来蹦去觅食的鸟儿。从张謇带领他们的祖辈北上拓荒起始，这种日出而作的质朴勤劳品质就深深地烙印在他们身上。

街市上，发往上海、南京、苏州、无锡的汽车也不甘示弱地“嘀嘀”鸣叫起来。紧随的，是数家知名快递物流企业的发货车，满载着新街人致富希望的消防救生设备。

午间的街市，忙碌而有序。

新街一品楼下的超市喧嚣热闹，穿梭的人群笑容满面。国贸千家惠前搭起了高高的戏台，新一轮的促销拉开了序幕。生态农庄也早早地开了门迎客。在这个小轿车普及率位于全市前列的小镇，开车只是洽谈生意的一种身份象征。更多的人，喜欢沉浸在这种乡村的宁静里，在大碗茶、大碗菜、大碗酒的熏陶下，肆无忌惮地释放着压抑许久的情绪。

方塘河畔的风依旧猎猎地吹着。

汉白玉的张謇塑像，遥望着青砖青瓦的农耕垦殖文化馆。一树垂柳斜倚水边，仍可见当年张謇亲手种植下的神态。心有莲花，处处盛开。红瓦黄墙的九莲寺静默如水，只有钟鼓声翻越过高高的牌楼，一下一下回荡在小镇的每个角落，伴随着错落有致的梵唱，洗净小镇一天的繁华落寞。

夜幕下，两岸的灯次第亮了起来。

三三两两的女人解下围裙，换上白天劳作没有舍得穿的花红柳绿的衣服，拎上音响，走出家门，来到了灯火通明的街市上。曾是白天繁华的每一个街口都聚集了一群人，老中青幼，日间职业的称呼在这会儿已经变成了一句简单的问候。没有领舞，没有人教，甚至没有踩着节拍，自创的舞姿就那样随心所欲地旋转开来。轻盈的脚步，欢快的音乐，舞动的，又何止是一种快乐？

小酌过后的男人们，打着酒嗝儿，沿着穿街而过的方塘河风光带悠然地散着步，偶尔，也停顿下来看着河中波光粼粼的倒影，惬意地对着河风吼上一嗓子，粗犷的声音在水面上传得很远很远，远得消散在看不见的夜色中。

夜深了。

小镇复归于宁静。就像是一出戏，演绎到最高潮的时候，动作、音乐皆戛然而止，韵味只是留给观众的。

“你来或不来，我就在这里，不离不弃。”故乡，新街，在梦中如是对我说。

梦里西溪

那个轻雾缭绕的春天，我撑一叶小舟从晏溪河畔缓缓驶过，寺里传出的低沉佛音缓缓敲击着我的心房，有种穿越千年的恍惚，如同桑蚕般慢慢吞噬着我所有喜怒哀乐的情绪——刹那澄明。山，是黄土垒成的泰山；水，是奔流入海的江水；色，是凝脂天空那一抹的青黛。水墨印染的西溪，就这样在毫不设防之间，闯入了我的梦里。

西溪，是那个清晨枕着一缕霜白的梦。无数次，在这样的梦境里沉醉不醒：高高低低的青黛色瓦楞飞檐从眼前掠过。远方天空，片片湛蓝，一簇群飞的雀儿汇聚成斑斑黑点，点缀在晨曦的金色里，显得格外醒目。古朴斑驳的城墙，依旧是那样沉默，厚重的紫红色城门上的虎型铜扣威武庄严，守护着西溪千年不改的繁华。耳畔，响起古筝的悠扬，弥漫在西溪的一草一木之中。天，下起了小雨，迷蒙中的西溪，就像那身姿绰约的江南女子，从汉代一路踏歌而行、款款而来，甚至是浅浅的一个万福礼，端庄的脚步就细碎在淅淅沥沥的青石板路上、细碎在桐油飘香的梨木街上、细碎在沉寂无声的八字桥上。藏灰色的海春轩塔在一片一片飞洒的细雨中格外沧桑，怀古的情绪就像地上不停流淌的雨水在古镇的每个角落弥漫着。此刻的西溪静静不语，我伸手触摸寺庙、城墙、八字桥、石板路、桐油门上的每一个斑驳的记忆，内心仿佛填塞了无数的棉絮，又刹那间被抽空了一般，有种无法言说的悲怆。琴弦深深，每一次撩拨都会颤动心灵的最深处；流水依依，每一场相遇都是那样的刻骨铭心。偶尔，凝眸守望溪水南侧的海春轩塔，那飘飘衣袂，那清逸长发，那低眉蹙额，那一颦一笑，是梦里不尽的倾诉吗？

西溪，是那个午间阳光盈盈不可触摸的梦。无数次，我在这样的梦境里徘徊：清清的河水淌过通圣桥边昼夜不息，青砖青瓦、紫薇绿柳，一伫立就是永恒的风景。八里海栈道湮没在商贾来来往往的穿梭里，广福禅寺悠扬的钟声衔接起西溪的昨天、今天和明天，串场河底绿茵茵的水草抚摸着欢快的鱼儿。收篙，靠岸，水边是一户寻常渔家。阳光里，圈养的鸡鸭鹅发出欢快的鸣声，咿呀学语的孩子蹒跚着脚步来回兜着，女人坐在摊撒在泥场上的渔网里飞梭如针，时不时抬头与在树荫下小憩的男人莞尔一笑。那笑容，刹那间拨动内心最深处的情愫：所谓爱情、所谓生活、所谓人间烟火，都抵不过眼前这幅画面。感叹那传唱悠久的一曲荡气回肠的天仙配，也不过是一日三餐的粗茶淡饭，也不过是厮守相伴的平凡日子而已！这样的西溪，淡淡的，浅浅的。对岸，董永和七仙女依旧临风而立，聆听着经堂里的梵唱，尘世间的爱恨情仇，在别夫抛子的伤痛面前都只不过是一场过眼云烟。终于，爱过了、痛过了、放下了，菩提树、着袈裟、摩诃萨，燃青灯、伴古佛、观自在，千年繁华，百年沧桑，唯有缫丝井的清澈甘泉明镜如初，不改当年的誓言。

西溪，是那个日暮黄昏不断追寻回家路的梦。无数次，在这样的梦境里脚步匆匆：橙黄色慢慢地浸染青砖、红瓦、黄墙，甚至给五颜六色的花儿、草儿、树木都涂上了一例的色彩。归巢的燕儿开始在窝前窃窃私语，打破了西溪傍晚的宁静。一下一下的鼓声从高大的牌楼上飘溢出来，那鼓声似乎与跳动的心脏同频共振。西方，火红的夕阳似乎还不肯就这样悄然离去，恋恋不舍这人间的万般繁华；溪水，已经呈现出深不可测的样子，仿佛要吞噬流经过它身上的所有污垢。风中的苇花，也被这橙黄色渐渐渲染，柔软地摇曳着婀娜的身姿，让一朵朵希望飞向远方的天空。灰白的炊烟开始在田野的四周升腾起来，日间还车水马龙的泰山大道，已经恢复了原始的平静。村庄里，开始响起了母亲呼唤晚归孩子的急切喊声，以及不远处孩子童稚的回答。到处，都可以闻到油菜花的香味；到处，都可以嗅到麦苗拔节的青涩；到处，都可以感受到家的气息。小舟在刹那间停滞不前，原来，西溪就是家，就是游子梦牵魂绕的追寻啊！

猎猎的风，从串场河上吹过。彼岸，灯火通明，景泰花园赫然在目，又一处水上人家要落成了。回眸凝望身后的西溪，竹简般的古朴沧桑映衬眼前的繁花似锦，历史、现实与未来，在飞檐廊画的海道桥边交相辉映。西溪，梦里西溪，宁愿就这样一直沉沉睡在你的怀里，勾画着城市与乡野每一个人的美梦！

如水西溪

西溪，是水做的。

水，是西溪的源头。历史的西溪，是在苦咸的卤水中泡大的。煮海为盐是东台先民落脚的唯一生存方式。日出而作，日落而息，时光的年轮在西溪不停流转。每一天，先民们都从波涛汹涌的南黄海舀起一瓢瓢的希冀，盛进沸腾的铁锅中烹煮着。当年西溪的味道是单调的，单调得只剩下海水煮沸之后盐卤的苦涩。无数次啊，草庐、破棚、柴屋，甚至只是一块卑微的遮羞布，在晶莹剔透的海盐中发出长长的渴求生存的哀鸣。海水，带给先民一线生机的同时，也常常狰狞着面目瞬间无情，掠去他们赖以生存的锅碗瓢盆、茅草盖毡的房子，甚至是妻孥。白花花的海盐可以成为白花花的银两，却成不了先民渴望的一个家，哪怕就是四面漏风的家。即使，范公堤毅然亘卧，又孰知堤外滔天的浪声冲走了多少人间烟火？

大智无畏，先民们沿着南黄海的滩涂一步一步不屈向前。泥泞的沙滩、深深的脚印、低洼的积水，他们坚持一路向东。无数个柴火熊熊燃烧的清晨，无数个烈日下赤膊晒盐的午间，无数个寒风凛冽的夜晚，先民们与海浪搏击、靠海水为生，顽强地坚持着生生不息的劳作，始终没有停止对梦想的追求。董永感天动地的孝义传说与七仙女缠绵悱恻的爱情故事，一直在这片神奇的土地上传唱，如水般灵动。三里海栈道也就此戛然而止，晏溪河悄然掩饰着淡淡的泪珠，八字桥斑驳依旧，庙堂之高的欢乐与滩涂先民的悲怆回荡在泰山寺沉重的佛音里。潮水汩汩，唯有海春轩塔，咽下一切静默的话语，如看破红尘的世纪沧桑老人，慈爱地端详着西溪古地。

水，是西溪的妆品。今天的西溪，受着里下河甘甜乳汁的滋润，出落得越发静美端庄。那个从西汉一路走来的西溪，仿佛“邻家有女初长成”，不经意之间的蜕变，让昨日还是黄髫小儿的西溪，今日已成绝世佳人。此刻的西溪，淡定如水。感谢里下河港港汊汊日夜奔流不息的河水啊，已经说不清到底是串场河、蚌蜒河、梓辛河，还是引江河、通榆河、何垛河的水，日夜哺育了西溪别样的灵秀。如今，西溪正袒露着那似乎一掐就破的水嫩肌肤，挥动万种柔情，如青春少女般阳光灿烂，轻盈地迈着脚步舞蹈在东台城的西南之隅。大河汤汤啊，古朴的西溪城墙也在刹那间有了生气，焕发出崭新的面貌；原本荒芜多日的草木，因四周环绕的河水而越发翠绿；溪水对岸，汉白玉的董永七仙女携手远眺，桃红柳绿中的情意如身后的仙湖般浩渺。滔天的海浪声已渐行渐远，然而，西溪却依旧沉浸在水一般的光华里，用粼粼波光，定格着如诗的清纯。

大美无言，素妆的西溪不施粉黛款款动人，清清的溪水啊就是那闪耀的明眸。低眉、蹙额，举手、投足，西溪在历史的古筝乐中翩然起舞，挥动如水的长袖，缭乱了世俗的眼神。一颦、一笑，碎步、轻旋，西溪在现实的舞台上弹奏篇章，飞扬华丽的裙摆，装点了迷离的梦境。西溪，是那一杯醇厚的陈皮酒，用晏溪河的水来蒸煮发酵，令人回味无穷；西溪，是那一碗清香浓郁的鱼汤面，用晏溪河的水久久烹饪熬制，令人恋恋不舍。西溪的美，需要仔细地品味，如同品味那入口即化的酥儿饼，细嚼中有溪水的味道；西溪的美，需要用心地体味，如同体味那葱香扑鼻的龙虎斗烧饼，那是每一个夜晚枕梦入眠的涛声啊。

水，是西溪的灵魂。梦里的西溪，潺潺的流水会一直流淌在心头，涤荡着尘世间的一切。经声如雨，一片片地翻山越野，掠过远处青黛色的村庄，掠过袅袅升起的炊烟；佛音似水，一声声地撞击心灵，飘荡在黄墙飞檐上，飘荡在每一棵沾着晨露的草尖上。晏溪河的水，从来就没有停止过。从西汉元狩开始，穿梭不停的人群就是环绕西溪的流水，或是翻天巨浪，或是潺潺不息，或是灯声桨影，或是沉寂不语，西溪就那样肆意地流淌着。从煮海建镇开始，繁华不改的情景就是怀抱西溪的流水，或是饮食男女，或是天仙爱情，或是商贾流通，或是桑麻遍地，西溪就不曾改变过水一般的模样。从开发号角响起，水墨西溪就那样迫不及待地渲染着，或是古城古塔，或是紫霞烟气，或是海道廊桥，或是景泰花园，西溪始终临岸而伫。西溪的前身、今世和未来，都悄无声息地融化在萦绕的流水声中，美得炫目而端淑。

大爱无声，西溪的今天从一片古老的村庄一路坎坷而来。旧时的记忆已经不复存在，海盐在恬淡的河水中凝聚成一段历史、一段传奇，西溪却没有因此而干涸，甚至隐约有了海水与淡水交汇融洽的那份大气与从容，隐约有了苦咸与甜美交错而生的那份莫名味道。这，应该是母亲的味道！西溪——东台的根、东台的母亲，她的乳汁千百年来就一直这样毫无保留地奉献给了这方热土。终于明了：咸，是母亲血液中的点点丝丝的疼痛；淡，是母亲哺乳时的那缕无怨无悔的爱意。从来不曾离开，就永远不会相忘。这份咸淡始终在游子的味蕾上保留着，一如家的思念。

水做的西溪，一直流淌着……

烟雨古南街

清晨，微雨，油纸伞，寂寥的深巷。

古南街蜿蜒而至。我总以为，这样的一场邂逅应该是在阳光灿烂的午后。而此刻，灰蒙蒙的天空将古南街也熏染成了青黛的颜色，天地混沌。青砖，青瓦，青石板路。典雅端庄的安丰古镇在如烟细雨中沉寂不语，那是王艮掩卷思索还是吴嘉纪吟哦凝滞？我无法寻找到历史确凿的答案，却在千年之后，面对这一场不期而至的相遇，内心的思绪被这深远的巷子牵引得很长很长，长得翻越了安丰古镇的前世、现在和未来。

一卷卷瓦楞是古南街一页又一页重叠交错的记忆，滴滴答答地吟诵着一粒粒汇集而成的雨珠。雨珠缓慢而轻盈地飞舞在苍凉的雨雾中，在屋檐下的石板上跌宕开来，后又调皮地攀上了紫铜色的桐油门，再悠悠地滑下来。墙角青砖斑驳，墙头芳草依依。随手推开一扇格子门，慈祥的老人端坐于桌前，或飞针走线绣着神采奕奕的虎头鞋，或轻手拈来金黄的麦秸细心粘贴。间隙，老人抬头莞尔一笑，稀疏的门牙映照着稀疏的风雨，那该是一种怎样的安之若素呢？窗外，小雨淅沥；室内，温馨安然。仿佛是两个别样的世界在门里门外交错着，延伸向巷子的最深处。

七里长街的记忆远不止于此。鲍氏大院、吴氏宗祠、袁承业宅、戈湘岚故居，高高的马头墙叙说着古镇历史曾经的辉煌与沧桑。煮海为盐，曾经的先民用盐灶烧制了悲壮坚固的画卷；商贾云集，古镇的门裙至今保留了历史镌刻的痕迹。秦汉的斗榫勾灰，明清的楼台亭阁，晋商的四合院落，徽商的高耸阁楼，还有那无数传说加身的无心白果树，丰泽五谷树……古南街的棱角被时光一点点打磨，打磨得和风细雨、国泰民安，而古镇安详如故，不改初颜。

远处，寺庙的钟声如约而启，极富穿透力地响彻着。开门后，东淘酒家就人声鼎沸起来。如云似雾的姜丝盘旋在青葱、白蒜、红花生的烫干丝之上，一大勺熬了又熬的乳白色鱼汤，嗅得古镇在这一刻苏醒了。三三两两的茶客踱步走出了院落，全然不顾天空中被拉长了的雨丝，相互问候着，不紧不慢地走到酒家的方桌边，拉过一条长板凳随意地坐下来，一天的惬意就在热气腾腾的头道茶中慢慢铺展开来，铺展得如同屋外绵绵不绝的烟雨，密布了古南街的每一个角落。流水依依的海河也不甘寂寞，欢快的鱼儿在清澈的水中摇摆着婀娜的身姿，偶尔还调皮地啄食着河边洗衣服的女人白皙的手指。这才是古镇生活的本色，它像那条流淌千年的溪水一般沁入了古镇的每一片青瓦、每一块青砖、每一条石板里。

前行的历史才是永恒的，它总是以一种崭新的姿态叙说着尘世。大部分行人只是在烟雨中慢行，慢得让历史在古南街定格。朱红的柱子，高悬的彩球，灰雕的四檐，偌大的古戏台每天演绎着从不重复的过往。悠悠的葫芦丝声浸染了曾经的时光，踩着起起伏伏的石板路就是在低吟一首平平仄仄的诗歌，不断前行寻找着韵律，一下一下敲打着古镇曾经的繁华与今日的亮丽。古玩市场，琳琅满目，旧制的钱币铜锈刺目，新刻的玉器晶莹剔透。空中的雨雾，砖面的雨花以及渗入地下的雨水，浇灌着古南街未被探寻的一切。僧人清晨的梵唱越过高低不平的勾檐斗角，四处弥漫着，雨雾中的古南街在这一刻肃默得令人起敬，就像你面前站着一位禅修的长者。

风雨依旧。

站在女墙的深处回眸望去，古南街就像一场刻骨铭心的爱情，深深烙在内心的最深处。

第六辑　温情似海

想我的时候就含一粒糖

昨天接到母亲的电话，说实话，我是不大愿意接母亲的电话的，总是家长里短，絮絮叨叨的，抓着电话不是说东家某某的山羊昨天生崽了，就是告诉我西家的猫昨天走丢了。要不就是说她种的一畦青菜绿油油的，问我啥时候回家或者托人捎点过来。

这不，天冷了，母亲又在电话中说："天冷了，要记得加衣服，上下班的路上要裹紧了。"我手头正忙着，不耐烦地对着话筒说："知道，知道，我都三十好几的人了，难道还不会照应自己？"也许是我语气不好，这一次，电话那头的母亲抓着话筒沉默了许久，才说："唉，儿行千里母担忧哪。"刹那间，我的心像是被什么东西刺痛了一下。母亲很小的时候就过着颠沛流离的生活，外婆在她五岁的时候就过世了，外公在她十二岁的时候又离开人世，她一直跟着哥哥姐姐长大。我记得幼年的时候，母亲常常抱着我说："有了你，妈妈就有了一个家。"长大以后，我一直在外读书、在外工作，很少有跟母亲亲近的机会，偶尔打个电话回家，也是匆匆问候几句。更多的时候是母亲打电话给我，而我总是以工作正忙着为由，说几句就挂。

放下话筒，我久久不能释怀，我知道母亲又想我了。每次我拖儿带女地回家，母亲总是很高兴，很远就出来迎接我，站在路口大声地说："我二小回来啦！"生怕我在外受多少苦似的，吃饭的时候一个劲儿地往我碗里夹大块的鱼肉。父亲偷偷告诉我："每次听说你要回来，你妈妈都几夜睡不着，要我上街打肉买鱼的，要亲手给你做饭，把自家种的蔬菜都挑拣得干干净净的，用袋子分类装好，等你走的时候带走。"走的时候，母亲总是跟在后面说"回到城里要把菜放到冰箱保鲜层里，有青菜、茼蒿、豆荚、萝卜，要记得拿出来，不能闷坏了"。尽管我对她说在城里现在各种蔬菜都能买到，但她总还是乐呵呵地说："这是妈妈我自家种的，没有打农药，城里人现在不也时兴吃绿色产品吗？我这就是。"我知道母亲是一个不善于表达的人，她自小没有享受到家庭的温暖，她把她对我的爱都融进了日常的点滴小事中，乐此不疲，就在她给我装的那一袋袋青菜中，就在那一扎扎整齐的茼蒿中，就在那一个个雪白的萝卜中……

曾经读过一则故事，讲述一个母亲在她女儿很小的时候就去世了，临去世前，她把女儿叫到了床前，说："妈妈要去一个很远很远的地方，永远也不会回来了，如果你每天想妈妈了，就记得在嘴里含一粒糖，那妈妈就知道你想我了。"女儿记住了妈妈的话，每天想妈妈想得难过的时候，就在嘴里含上一粒糖。后来女儿长大了，嫁给了一个英俊的小伙子，那天他们去海边旅游结婚，女儿沉浸在自己的幸福中，和丈夫在海边追逐、嬉闹，突然间晕倒了，送到医院抢救后终于醒过来了。原来女儿自小就患上了低血糖症，每天必须摄入一定的糖分，而那天她恰恰没有想妈妈，没有在嘴里含上一粒糖。母亲留给她的不仅仅是一种习惯，更是深如大海的爱啊……

我拿过办公桌上的一粒糖轻轻地放进嘴里，甜甜的味道直沁心底。我回了个电话给母亲："妈妈，这个星期六我回家拿蔬菜！"

温暖的惦记

一个远亲过世，下午下班时匆匆收拾好，驱车赶回百里之外的老家。临行前，我打了个电话给母亲："我在往回赶的路上，天冷，晚上亲戚那里您就不要去了，我去就代表家里人去了，吃过晚饭后我回家里睡觉，明儿早上回城。"母亲左叮咛右嘱咐："那我和你爸爸就不去了，你自己开车呀？下班高峰期，路上人多，慢点开呀。回来后晚宴上不能喝酒呀，开车要小心，家里的门我帮你留着。"

从亲戚家吃完饭出来，已经快晚上十点了。车开到老家屋后的时候，左邻右舍家的狗挨次序叫起来，冬夜蓝色的月光透过田野薄薄的轻雾，恍若仙境一般。透过车前窗，我远远地望见家中开着灯。把车停好，母亲已经披着衣服从屋子里出来了："没有喝酒吧？开着车呢，估计你也应该没有喝酒，为了喝酒把工作弄没了，要让人家笑掉大牙呢。"站在屋门口，我就那么看着母亲手足无措地忙活着。对母亲来说，我每次回来都是她喜庆的节日，哪怕就是这样深夜的风尘仆仆，她也是欢欣得不得了。大概有月余没有看见母亲了，六十多岁的人身体已经变得有些佝偻了，在初冬夜的寒风中显得那样沧桑。母亲见我愣着，招呼我："赶快去洗啊，热水烧好了在你的房间里，红壳子茶瓶里是开水，你自己泡茶。蓝壳子茶瓶是热水，你洗脚用，温热的，就不要掺冷水了，毛巾在架子上，洗脚布在盆子里。哦，对了，电热毯开着，床上应该也热了，你睡觉的时候将开关关了。"我对母亲说："你去睡吧，我自己来，时候也不早了，别冻着。""听说你晚上要赶回来，我和你爸怎么睡得着？天冷，你一个人开车不放心啊，这样也好，在家歇一晚上，明早走也好。"

洗漱完毕，我钻进了热乎乎的被窝里，一股熟悉的味道飘进了鼻腔，那是新棉被的青涩味儿，还有一股说不清道不明的味道。躺着，听电视里的咿咿呀呀的声音，我深深地嗅了一口，泪水悄悄滑过耳际：这是母亲的味道！从四十年前的我呱呱落地，到十几年后的我长大成人，到我为人夫、为人父，就是这熟悉的味道一直陪伴在我的身上！那一夜，我熟睡安详如婴孩般，梦里，我看到自己轻枕在母亲手术过的伤臂上不敢动弹，生怕我的一个翻身会触动她的伤痛。我就这般沉沉睡去，梦里，我和哥哥扛着网兜捞鱼回来，是母亲怜爱地拢过我的头，为我抹去脸上的泥巴！梦里，我从大圩上和小伙伴打泥仗归来，是母亲慈祥地为我清洗着黑乎乎的小手，我靠着母亲闻着她身上母性的味道！梦里，那年我一人独行去远方求学，是母亲在车站不动声色地送走了我，而后自己一个人躲在车站的角落里号啕大哭！梦里，我拖家带小一路打拼，是母亲站在村口，目送我远去！

清晨的第一缕阳光照醒了我，尽管一夜梦境不断，但是我感觉到了从未有过的踏实。我起床的时候，母亲已经忙活了很久，新挑的菠菜择去黄叶，整齐地码在方便袋里，清洗过后的红心萝卜晶莹透亮，黄芽菜、包菜、花菜、大蒜、山芋，母亲几乎是将家里所有的蔬菜都挑拣出了一小方便袋。"你开车回来，带回去也方便，都是自家门前田里种的。"我无语凝噎。临行前，母亲又再三关照："胃不好就少喝酒，我年纪也大了，不能帮你分担什么，你自己照顾好自己，还有老婆、孩子。身体不能垮掉，没事儿就多打打电话回来。”我不忍回头去看她，嘴里不停应承着。想起前不久看过的一篇文字《在母亲的怀里一夜安寝》：“人到中年，我是家中脊梁。试想，年迈的母亲除了能弄我喜欢吃的，还能为我做什么呢？指望我好，又能对我说什么呢？母亲捧出全部身心温暖我，为我祈福。为人父母者，其良苦用心，矗立天地。”父母对子女的用心，又何止矗立天地？

渐行渐远，终究我还是忍不住回眸凝望这个生我养我的地方，我还是忍不住回头看看那个生我养我的人——母亲哟，您的怀抱是我今生最温暖的惦记！

您是我心中那座永远的山

父亲老了。

这次回老家，第一感觉就是父亲明显露出从未有过的苍老了。席间吃中饭的时候，父亲颤颤巍巍地招呼着我坐下，又对我儿子说："小立儿，去把爷爷床底下那一瓶西凤酒拿来，今天让你爸爸陪爷爷喝一盅儿。"我用眼神制止了儿子，对父亲说："爸，今天咱爷俩不喝酒了，你还在吃药呢，下次回来陪你。"父亲的脸上露出了淡淡的失望，瞬息又笑嘻嘻地说："好，不喝，不喝，那就吃饭吃菜。"父亲患上帕金森综合征已经有三年多了，手脚总是不听使唤地抖着，医生再三嘱咐他尽量少饮酒。不喝酒的饭桌上显得有些沉闷，只听见父亲拿着筷子的颤抖的手敲击碗边的声音，滴滴答答的，听得我心里酸酸的。我夹了一筷子菜放到了父亲的碗里："不着急，慢慢吃，你的手经常锻炼锻炼就会好起来的。"儿子在旁边懂事地说："爷爷，我给你拿个小调羹吃饭，就不要用筷子夹了。"父亲抬起头有些难为情地对我说："你瞧，老了就不中用了，让你们回来一趟吃个饭也不安生啊。"

看着父亲有些花白的头发，我的眼睛有些湿润了。在父亲的身上，我已经再也找不到一丝一毫当年那个意气风发的父亲了。父亲是下放知青，二十世纪六七十年代被下放到了农村，做过贫代会的主任、生产队会计，后来被安排到了商业部门，九十年代初期又进入了下岗职工的大军行列。不甘心的他没有等天靠地，也没有向政府伸手，而是自己租了个店面开日用百货店。按照政策退休以后，他依然没能够闲下来，还是惨淡经营着那个店，用他自己的话说，就是自己给自己找一点乐趣。记得小时候，父亲常常让我坐在他的自行车大杠上，到哪儿都带着我，带我去他的门市部，带我去生产队的场上看露天电影，带我去街上的老浴室洗澡。那个时候，父亲是那样的年轻，穿的衣服一尘不染，我蜷缩在父亲的怀里，常常觉得父亲是那样的高大，之于我仿佛就是一座雄伟的山，给我安全感，给我温暖。我总幻想着有一天自己也会长成父亲的样子，可是，等我长大的时候，等我有了自己的孩子的时候，父亲却老了。

看着父亲努力地用小调羹一勺一勺地吃着饭，举止是那样迟缓，甚至有点滑稽。回想小时候，我就是父亲这样用小调羹一勺一勺喂大的啊！父亲，这就是我现在的父亲啊，用毕生的心血供养了我的父亲啊！心头闪过一句话："子欲养而亲不待。"我埋头吃着饭，有咸咸的泪珠滚落下来。

父亲，不老的父亲，我以后一定会常回来看看你，因为，你一直就是我心中那座永远的山。

爱在行走的路上

骑车上班的路上，听到手机在上衣口袋里响起阎维文那首《父亲》的铃声，不用说，一定又是父亲打来了电话。父亲每天都要打两次电话给我，上午一次，下午一次，恰巧都是在我上下班的路上。

退休后的父亲变得爱唠叨了，经常对我和长兄叨念的一句话就是：“你们不回来也罢了，把孙女孙儿的送回来我看看。”老家离市区一百多里，平时因为工作的原因，很少能回家，即使节假日回家也是走亲访友，忙于应酬，真正和父亲待在一起的时间很少。尽管我和长兄也曾经想方设法把退休后的父亲带到城里，以我们平时工作忙让他来帮助照顾孙辈为借口，可是父亲总是最多来个三四天，然后就念念叨叨地要回去，说能在城里憋出病来。让他去棋牌室找几个老友打打牌，父亲却说他一生最痛恨的就是打牌消磨时光；给他买最好的鱼竿让他到公园去垂钓，父亲说花钱钓鱼不如到市场上转转买点鱼，何苦花钱买苦受？让他去广场健身锻炼，父亲却说还是农村的空气新鲜。无奈之下，只有让他回老家。我知道，父亲是放不下他待了一辈子的农村，每次回去以后，母亲来电话总说："一回来你爸就像变了个人似的，浑身是劲儿，整天忙活也不喊累，就是有的时候想孙女孙儿睡不着。"听了母亲的话，心里觉得酸酸的。我能想象出父亲忙碌之余注目远眺想念儿女的情形，能想象出农闲之时父亲总是把孙女孙儿的照片拿出来一遍一遍地看，能想象出父亲忙好一桌饭菜等我们回家，却因为我们加班无法赶回去而发出长叹。

上次回家，父亲嗫嚅地问我："我想买个手机，哪个牌子的好？"我惊诧于父亲的问话，印象中的父亲历来与这些电子产品是不靠边的，而且家中有电话，怎么突然想起来要买个手机？父亲说："我想买个手机，最好能加入你们的亲情通话，那样，我想孙儿孙女的时候，就可以随时打电话了。"看着父亲额头上一道道深如沟壑的皱纹，看着父亲日渐佝偻的身躯和满是风霜的脸庞，我的眼泪流下来了：父亲的要求其实并不高，他就是想儿孙想得心痛。我的心也痛痛的，却什么也说不出来，只能赶紧去给父亲办了个手机。父亲说："不要太好，只要能接打电话就行。"我把全家人的电话号码抄下来交给父亲，父亲郑重地放在他的床头。

自那以后，我每天都能接到父亲的电话。在上班的路上，父亲打来电话问："在哪儿呢？"我说："在上班的路上，有事吗？"父亲说："没事，我问问，那你路上小心啊！""嗯！"随即父亲就挂了电话，他怕干扰我骑车，但我能听到电话那头他满意的笑声。在下班的路上，父亲又打来电话："在哪儿呢？""在下班回家的路上，有事吗？""嗯，没事，我问问，下班没事就早点回家，能推的应酬就不要去，即使去了也要少喝酒。""嗯。"之后就是电话的忙音。

每天如此，我知道父亲是一个不善于表达情感的人，打电话的时候话语也不多，但我能从父亲每天两次的电话中感受到浓浓的暖意。骑车行走的路上，无论是朝阳初上，还是夜幕降临华灯初放，我知道，一直有一种爱伴在我的身边，永远，永远！

长兄如父

其实他比我大了两岁，仿佛就大了我二十岁似的。我做什么事情他总不放心，什么事情都护着我。

他更多地继承了父亲“讷于言敏于行”的性格，从小话就不多。小时候母亲和一群人坐在一起纳鞋底，孩子们在旁边闹啊、追逐啊，他就一个人默默地坐在母亲身边看母亲一针一线地钉鞋底，也不说话，也不加入孩子们打闹的行列。母亲被他看得不耐烦了，总是说：“去玩去，坐在这里像个木头桩子！”此时，他会站起来走到房间里去，端正地坐在桌前看书，不出一声。我溜达得满头大汗，从房门口偷偷地看他，他一丝不苟地看着书，阳光透过窗棂的格子照在他的身上，非常耀眼，很是好看。这个时候母亲便会在我头后拍上一巴掌：“成天不学好，看看哥哥多用功，哪儿像你整天猴子似的坐不住。”

他尽管不爱说话，但是很宠我。上小学的时候，他比我高两个年级，我属于那种上学就头疼、放学迟迟不肯回家的人。于是，村里去小学的路上总能看到他牵着我的手拖着去上学。放学的时候，我和一帮小伙伴在泥圩子上打仗，他总能在尘土漫飞中准确地找到我，拖着我离开“战场”，帮我在小河边洗去脸上一条条淌汗时的黑杠杠，耐心地帮我捧水洗手，说：“洗干净了，爸妈就不知道你在外面疯玩了。”回家的时候，玩疯了的我懒懒散散地走着，总想个法子要多玩一会儿，跑几步扯个花儿、草儿的，要不就蹲下装肚子疼。这个时候他总是默默地走到我面前，挺认真地看着我：“真疼？真的疼我就背你回去吧。”他比我只高了一点点，我双手拢着他的脖子，幸福地趴在他的背上，脸庞挨着他的发梢，听着他沉重的呼吸声，吃力地向前迈着腿。到了屋后头的时候，我总坚决地要求下来走回去，我不想被父母看见我欺负他而饱受父亲的棍棒皮肉之苦。这个时候，他总拉着我的手说：“放心吧，我不会说的。”但不久，这个秘密还是被母亲发现了，母亲拿着刚纳的鞋底顺手要抽我，他把我护在身后说：“是我自己要背他的，不关他的事。”这个时候，母亲总无奈地摸摸他的头：“你啊，就像个大人，不要我操心！”

上高中那年，他和我还是在一个学校读书。可就在那一年，老实出了名的他却打架了。其实，他还是为了我才打架的。那天放学后，我看到几个社会小混混在敲诈低年级同学，血气方刚的我想也没有想就上去制止，结果两个混混把我按在地上痛殴。刚巧他来找我，看到我被别人按在地上，他“嗷”一声就冲上来，一脚蹬在其中一个混混的脸上，瞬间血肉模糊。另外的混混看到他不要命的打法，都吓得落荒而逃。那个小混混捂着满是鲜血的脸找到学校，结果可想而知。那天晚上放学回家，父亲黑着脸拎着个棍子让他跪下，他无助地看着我，一声不吭。我知道不好，赶紧跪下：“是我闯的祸，哥哥是看我被人家打才上来帮我的，而且是那个小痞子敲诈人家，我气不过才打起来的。”“你闭嘴！你也要受罚！我和你妈妈辛辛苦苦供你们俩上高中，指望你们有点出息，你们却惹这么大的祸，学校说要开除你哥哥呢。”听到他要被开除，我吓呆了，我知道他读书很用功，成绩在年级都遥遥领先，如果不是因为心疼我，别人就是打他他也不会还手的。他的眼泪在眼眶里打着转，却依然是一声不吭。这个时候母亲走进来说：“我了解清楚情况了，确实不怪他们两个。如果学校真的要开除他们，我就找校长说理去，我已经报警了，派出所也调查清了情况，接待我的那个民警说明天就到学校去处理这个事情。”第二天，在父母和那位好心民警与学校沟通后，终于保住了他的学籍。

工作以后，我和他在两地上班，日子总是聚少离多。他来看我的时候，还是像我才参加工作的时候那样，喜欢买点零食带给我。一次，他带了一包花生，递给我说：“我记得你喜欢嗑瓜子、剥花生，刚才回来的时候在路边看到有现炒的，就买了点给你。”妻子戏谑地对我说：“你儿子都九岁了，大哥还把你当个孩子，连炒花生都买好了带给你。”捧着花生，我心里翻腾了许久。其实，妻不知道，我在他的眼里永远就是个孩子。逢年过节聚在一起，话还是不多，我总没话找话说：“哥，我文章又发表了！”“哥，你开摩托车上班慢一点儿！”“哥，不要总埋头做事，也要到领导那里多走动走动，人的感情是处出来的。”这个时候，他总是笑眯眯的样子，嘴里“嗯嗯”着。侄女偷偷地告诉我：“二叔，你在报纸上发表的文章，爸爸总收集起来，拿回来读给我听呢，让我写作文的时候当成范文！”我一时无语。

看着他两鬓渐渐也冒出了白发，我鼻子一酸，险些掉下泪来。这个和我一母衣胞的兄长，比我大了两岁的兄长，一直如父亲般爱着我。我知道，我的身体里流淌着和他一样的血脉，我们永远不能分离！

那一捧的温暖

码字到深夜，仍然无睡意。妻子打了个哈欠一觉醒来，见我仍然坐在电脑前，就问：“还不睡？”我正思考着一段文字，无暇去搭理她，随手冲她摇了摇手：“你睡你的。”便不再言语。为那文中的一字一句，甚或一个细节，仔细推敲着，忘乎所以。

耳际传来窸窸窣窣的声音，妻子似乎在起身，还要掩盖着一丝一毫的声响，怕干扰了我，可偏偏闹出了很大的动静来。一开始我不以为意，却因一个词语久思不出，进而越发烦躁起来：“你还让不让我写了？半夜三更的闹腾个啥呢？”我一扭头，却看见妻子捧着一杯散发着热气的茶站在我的背后，有点惶恐的样子：“看你没睡，怕你冻着，就起来给你倒杯水的，不曾想，会干扰到你。”杯子里是我最喜欢喝的碧螺春，茶水翠绿欲滴、清澈透莹。在初秋的深夜，已经渐渐感到了丝丝的凉意。妻子是一番好意，我却是恶语相加，刹那，内心愧疚起来。

已经记不得有多少次她为我倒茶了：早上起床，餐桌上总有一杯热气腾腾的茶水，驱赶走清晨的寒意；午觉醒来，床头柜上也会有一杯淡淡的清茶；吃完晚饭后，她照例会在电脑桌前为我泡上一杯茶让我静心写作。从来没有在意过这样一杯茶，人在习惯中学会了适应和遗忘。妻子知道我有胃寒的毛病，加上知道我喜欢喝茶，一日数次不厌其烦地为我洗茶杯、烧开水，只为让我能喝到滚烫的茶水。而我，从来都是在很随意地伸手从餐桌上、从床头柜上、从电脑桌前端起那杯茶，从来没有去想过是否有一天，我会在固定的地方再也端不到这杯茶？

接过妻子手中的茶杯，我双手紧紧地捧着，茶水透过薄薄的玻璃温暖着我的掌心，轻轻地喝上一口，一股暖流直沁心底，整个身子都温暖起来。这一捧的温暖，犹像当年初恋之时，为了让她吃上热热的烤山芋，我骑着车子走遍了城市的每一条巷子，买到了两个热乎乎的山芋捧在手心里递给她时的感觉。而这个感觉，已经淡薄了许久许久。两个人的爱，原来就像这每日的茶水，如果一旦习惯和适应，你总是不能感觉到那透彻掌心的温暖的！蓦然，想起了张爱玲那句很经典的话：于千万人之中，遇见你所要遇见的人。于千万年之中，时间无涯的荒野里，没有早一步，也没有晚一步，刚巧赶上了，那也没有别的话可说，唯有轻轻地问一声：“哦，你也在这里吗？”

妻子被我看得不好意思起来：“喝茶喝呆了啊！”我递上浅了许多的茶杯：“再续点开水吧，我还要喝。不写了，喝完这杯茶，我也睡觉了。”

爱，不是纵容的借口

自打孩子出生，我似乎在教育问题上就没有费过太多的心思，一方面是因为孩子很乖巧听话，学习也比较用功，功课上只需略微进行辅导，倒也不甚吃力；另一方面是因为我和妻子都是教育系科班出身，尽管现在都不从事教育工作了，但是十年的教育工作经历，让我们的基本功还不至于丢掉。

教育观念上，我比较崇尚美国教育家约翰·杜威的观念：教育就是儿童现在生活的过程。特别是在家庭教育上，我们做父母的所能教给孩子的，就是和他一起感受社会、感受自然、感受人生。孩子在老师、在亲友的眼中，很懂事、很让人放心。现在回过头来想一想，其实，不应该给孩子贴上“乖巧”“听话”的标签，孩子更多的是从小在生活中就接受了我们无计划但有意识的良好行为习惯的养成。没有哪一个父母不爱自己的孩子，但是我个人认为：爱，不应该成为纵容的借口。培养孩子良好习惯是一个比较长的过程。叶圣陶先生说过“习惯成自然”，这个习惯对于家长来说，是一个考验耐力的过程，不能想起来就要求一下，想不起来就听之任之，一定要坚持不懈，严格要求。孩子是父母的心头肉，特别现在都是“1+1=1”的独生子女家庭模式，家长对自己孩子的一些要求，在情感上更容易失控：心情好，就满足孩子的过分要求；心情不好，则予以呵斥、应付。不少家长平时也知道应该如何要求孩子，但做起来往往以情感代替理智，这在家庭教育中是常见的事。例如，说好了不能随便买零食，但只要孩子一哭一闹，家长就心软——也不缺那几个钱，人家孩子都有零食吃，为啥我家孩子就不买？先是迁就退让，继而发展到有求必应。久而久之，孩子便知道：有什么要求父母不答应，一哭一闹就肯定能行。还有就是“隔代亲”的影响，有时候孩子提出无理要求，做父母的不答应，但是父母的父母可就答应了：“咋的？孩子还小不懂事，你咋也不懂事儿了，你们不买，爷爷奶奶（外公外婆）去买。”

千家万户在育儿过程中遇到的事情基本都一样。我们在这一方面就注重原则性的坚持，通过他律和自律的形式，达到培养他某一良好行为的目的。而且经常给孩子灌输的理念就是要遵守游戏规则，这个社会是一个讲究规则的社会。如今祖辈们对孙子孙女特别容易溺爱和顺从，经常为一些小事情，父母说应该这样做，而祖辈却说这样做不行。长辈之间的矛盾造成了孩子的无所适从，使之缺乏正确的是非观念，因此我们做家长的一定要保持教育的一致性，这样的教育才能形成孩子良好的性格品行。一方面与我们的长辈沟通，克服“树大自然直”“孩子大了自然会懂事”等错误的观点，在我们教育孩子的时候，宁可舍不得在心里，也不要当着孩子的面说我们做父母的不是；另一方面，通过微小的奖惩措施，给予孩子一定的鼓励或者惩罚。比如，在去超市购物前，我们都让他自己先确定自己要购买什么，列出计划后到了超市就直奔主题。如果他在购物过程中能按照自己预先设立的计划，就给予鼓励，奖励他一些平时想要但没有买的学习用品；如果他在购物过程中改变计划，那么我们就按照他指定的计划，将他最喜欢的某一物品在计划中减去，通过惩戒性措施让他意识到自己的不对。通过一些事前计划的制订，让孩子在卫生习惯上、在学习习惯上、在生活作息习惯以及生活行为上，都能有比较好的自律行为。

我和妻子对孩子的要求一直不高，就是希望他能够健康成长，包括身体、心理，特别是他现在正处于习惯培养初期和中期这两个重要阶段。培养他养成良好的习惯，形成良好的思想品质和道德品质，我想对他今后的一生应该都有影响，使之具有一定的道德水准，具有一定程度的适应能力、生存能力。

所以，我们很爱很爱他，但不纵容他！

今天，儿子来城里上学了

今天，儿子开学了！

这是他从农村幼儿园转来城里上学的第一天。昨天晚上，儿子充满了憧憬和好奇，什么都问，我一一交代了他：对老师要有礼貌，主动向老师问好，和小朋友不要打闹，积极回答老师的问题，积极动脑筋，要上厕所就和老师讲，不能憋！吃饭的时候不要有声音，饭粒不要掉桌子上，吃多少就盛多少，不要在碗里剩饭！并给他买了新书包，新的文具用品。

早上儿子很早就醒了，六点的时候我还在梦里，他就摇醒了我，说爸爸快迟到了！用一套全新的装备帮他武装了以后，吃过早餐，我就送他去了幼儿园。幼儿园环境很好，老师很热情，先带他去看自己午觉的小窝，然后领他到自己的座位上，给他分发玩具。儿子有点认生，毕竟离开了他相处了两年的伙伴和老师，对一个新的环境总得有适应的过程，因此不怎么放得开。到了幼儿园，都要讲普通话，甚至用英语进行简单的交流，其实这对他来说应该不是个障碍，但陌生的环境总让他有点束手束脚的。等他安定了以后，我跟他说爸爸要上班了。他很开心地和我挥挥手，但我能看出他有点依恋我。鸟儿大了总要飞出窝的，他总要学会独立。我偷偷地躲在门外看他，一开始他还四处张望，后来有个小朋友拉他的手，一起玩玩具了。我看他脸上渐渐有了淡淡的笑容，才松了一口气，起身离开了。

其实也是为了他能有个比较好的教育环境，为了他以后发展着想，把他带来上学的时候，我考虑了好久！上个双语班，一学期学费就将近三千元，有时候我在想，是不是我对他的期望高了，或者是把自己的思维加到了不满七岁的儿子的身上？一年的学费接近于上个大学本科一年的学费，我也在思索为什么。做教育工作十多年，我明白社会竞争的残酷性，我希望儿子将来能懂爸爸的这份心情！

儿子的快乐，是我永远的最大的快乐！我不要他成为科学家、学者，也不要他成为官员，出人头地。我最大的期望就是儿子能做个对社会有用的人，做个好人，做个能靠自己的双手吃饭的人！做个天天快乐的人！

儿子，爸爸永远爱你！

儿子的趣事

儿子渐渐长大了，时不时地做出一些令人莞尔的举动，点点滴滴，很是温馨。

排比句

二年级第一学期开始了，稚子开始学习一些简单的短文分析，在辅导其作业的时候，我发现他不能完全读懂短文的意思。思虑再三，决定让他开始学习写日记。初写，寥寥几句话，就是兔子的尾巴——长不了。我语重心长地对他说：“你是怎么做的，就怎么写。”稚子恍然大悟。晚间习作，迟迟未能完成，我急，追问其缘故，稚子抓耳挠腮：“今天这个事情太难写了。”我观其日记：“今天，和陈鹏宇吃饭的时候，他拿出一个摩托车玩具，然后他弄一下，我弄一下，他弄一下，我弄一下，他弄一下，我弄一下……”如此等等，还没有结束。我问他：“咋这么写？”答曰：“你不是说让我怎么做就怎么写吗？今天陈鹏宇的摩托车玩具坏了，就是被他弄一下，我弄一下，也不知道弄了多少次才坏的，我手都写累了，爸爸，你说日记怎么这么难写？”我诧然，无言以对。

超级烫捂子

天冷，临睡前我给儿子烧好暖手宝，让他抱在怀里睡觉，抵御寒气。我说你暖和以后就给妈妈捂一会儿。他稚声稚气地说：“妈妈有爸爸，爸爸是个超级烫捂子。”全家哈哈大笑。冷不丁又冒出一句：“妈妈，我把暖手宝给你，你把超级烫捂子也给我用用吧。”全家捧腹大笑。

比我还笨

放学去接儿子，他坐在车后叽叽喳喳：“爸爸，今天牛奶没有喝完就扔了，来不及喝了。”问其原因，答曰：“课间老师让我指导另外一个同学订正试卷，天哪，他比我还笨。”我诧然，问他：“你考了多少？”“100分。”“那个同学考了多少？”“21分。”“比我还笨这话从何说起？”“就是他不如我啊，比我笨啊，事实上他成绩没我好啊。”我满脸严肃地对他说：“他成绩不如你，是比你笨，但你用了个还字，说明你自己也是笨蛋，哪有人这么夸自己的啊？”

稚子若有所悟，依然不能明白：“他不如我，不就是比我还笨吗？”我语塞，无法解答。

姑　母

姑母去世的时候，我才七岁。

那年正月初六的凌晨两点多，我在睡梦中听见屋子的大门被擂得震天响，十五岁的小叔撕心裂肺的叫声惊醒了全家人：“大哥，大嫂，快开门啊，姐姐不行了，快去，快去！”父亲一骨碌爬起来，拎了件外套就往外冲，鞋也没有顾得上穿，边跑边对母亲说：“赶快把孩子们喊起来，你快点到！”说这话的时候，母亲已经掀开我和哥哥的被子，帮我们迅速穿好衣服。外面一片漆黑，我们跌跌撞撞地跟着母亲一路小跑到爷爷家。

姑母已经被放到了堂屋的中间，静静地躺着。奶奶拉着姑母的手，号啕大哭的声音刺痛着每个人的心：“孩子，你还有什么话就对妈妈说吧，全家都在呢！”姑母的眼角滑过一滴晶莹的泪水，无神的眼睛紧紧地盯着我。奶奶一把拉过我，把我推到姑母的身前：“快，有什么话你要对他说就说吧。”姑母抬起手想摸摸我的脸庞，却无力地歪到一边。母亲在一旁说：“姑娘，我知道你的心思，没有个后人就这么走了，心有不甘啊，你放心，我把他承嗣给你，每年逢年过节的时候就让他给你烧纸祭祀。

你放心地去吧。”姑母慢慢地闭上眼睛，两颊挂着一行清泪。

屋内顿时响起了一阵抽泣声，懵懂的我被悲哀的情绪感染，也放声大哭起来。我知道，从此我再也没有姑母了，一个像母亲一样疼我的姑母永远都没有了。

印象中的姑母是一位温柔善良的女子，她很少说话，浑身上下收拾得一尘不染。由于自小体弱多病，我每次看她的时候，她都坐在门前的藤椅中晒着太阳，手上捧着一本书。姑母还写得一手好钢笔字，以至于若干年后奶奶在整理家里的时候，翻到了姑母旧时高中的笔记本，还念念叨叨：“海儿，你看你姑姑写的字多好看啊！”打小姑母就很疼我，在父母忙于工作的时候，更多的是将我丢给姑母带着。姑母看书的时候，我常常冷不丁地走到她身后大叫一声吓唬吓唬她，这个时候，她总是扭过头在我头上摸摸：“又到哪儿疯去了，小手乌黑乌黑的，去洗洗吧，洗好了姑母给你糖吃。”她变戏法似的从口袋里掏出一颗奶糖，剥开塞到我嘴里，轻声问我：“甜吗？”“甜！”我歪过头看着她。于是姑母便微微笑起来，在暖洋洋的阳光下，显得那样好看。“姑姑，你怎么不出去走走？一个人待在这里多闷啊！”“嗯，姑姑身体不好，明年春暖花开的时候，等姑姑好起来，姑姑带你去看油菜花海！”“好啊，好啊，那就拉钩！”这个时候，姑母总会轻轻地摸着我的脸，说：“唉，要是姑姑没病就好了！”年幼的我也仿佛能听得懂姑母那轻声叹息中的绵绵哀怨。

姑母曾经有一个心仪的男子，我在爷爷家见过他好几次，高高的个子，方方的国字脸，人很精神，是姑母高中的同学。可是由于姑母的病，不愿意拖累人家，每次那个男子来，姑母总躲着不见，奶奶这个时候便唠唠叨叨：“多好的小伙子啊，你还看不上眼！”其实，我知道，每次那个小伙子走的时候，姑母总会隔着房间的窗户默默地看他离去，然后是一声长长的叹息！我不知道那一声叹息里，埋葬了姑母多少少女的情愫、多少对生活的憧憬！

姑母最喜欢做的事情，就是在暖暖的阳光下给我掏耳朵。我搬个小凳子坐在她的身前，头依偎在她的腿上，阳光晒得我昏昏欲睡，姑母轻轻地给我掏着耳朵，痒痒的，甚是惬意！掏好以后，姑母还用手为我轻轻地揉着耳朵："掏干净了，大人喊你的时候就不会听不见了！"我在阳光中眯着眼睛偷偷看姑母，她的脸上洋溢着幸福的笑容，像雪莲花般的圣洁母性一览无遗！

姑母下葬的时候，遵照母亲之前将我承嗣给姑母的承诺，按照我们当地的风俗，我剪下一缕头发放在姑母的遗体旁一同下葬，奶奶说我的头发上有三盏灯，在另一个世界可以照着一直未曾出嫁的姑母，让她不再害怕黑暗，不再孤单！

姑母，您离开我三十年了，您在那个世界里还有阳光照耀着吗？每个夜晚来临的时候，您是否举着我给你点亮的那三盏灯，在一路寻找着自己的幸福？

麦田里的光阴

立夏一过，满田野的麦香就在微暖的风中吹得四散弥漫，麦粒持久挥发着乳香，熏得这乡村的每一个角落都无法躲闪。乡野的孩子们将身上藏着的熟鸡蛋一个个比试过后，找一块人迹罕至的麦地，将鸡蛋的外壳褪去，凝视洁白的蛋身许久许久，仿佛完成一套圣洁的礼拜，然后才在混合着麦子的香味中慢慢地将它们吞咽下去。麦子要熟了，奶奶却越来越老了，老得每天就搬了一张板凳坐在集镇临街的那条马路边上，天天张望着延伸到乡下的路的尽头，路的尽头是一片橙黄的麦地。

孤苦的奶奶过不惯镇上的生活，一个劲儿地吵闹着要回乡下去，可是忙忙碌碌的子孙们依旧做着自己喜欢或者不喜欢的事情，没有人搭理她唠唠叨叨的话语。更多的时候，她就喜欢一个人坐在街道一侧高大的泡桐树下，紫色的泡桐花簌簌地落在她花白的头发上，从她满是皱纹的脸颊旁滑落，惊醒团在她脚旁午睡的大花狗。从睡梦中醒来的大花狗惬意地将两只前爪摁在地上，打了个哈欠伸着懒腰，大花狗不明白奶奶眼中的忧伤，不明白奶奶为什么放着镇上衣来伸手饭来张口的日子不过，非要回乡下去干吗。大花狗已经适应了镇上的环境，到处可以找到油光闪闪的骨头，尽管没有什么剩余的肉质了，可是它还是啃得很香。立夏那天，奶奶一个人摩挲着手中煮熟的鸡蛋，许久许久都没有剥开，最终还是揣进了自己的口袋。

风吹着微微发黄的青色麦浪，一波一波从田野的这头荡漾到那头，像极了奶奶脸上纵横交错的褶子，也是一波一波的纹路。只不过，麦子的浪花只有一季，而奶奶脸上的沟壑已经冲刷了人生经年的风霜。布谷鸟的叫声在寂寥的田野上空传得很远很远，偶尔也飞临集镇边缘的泡桐树上栖息，闭口不语。奶奶朝着停留的鸟儿招手，做着稀奇古怪的手势，不曾想却让鸟儿惊慌失措地扑棱着翅膀冲天飞去，徒留树荫下的奶奶微张着掉光了牙齿的嘴巴，眼睁睁地看着鸟儿飞去，就像当年自己膝下的子孙们一个个成年之后毅然离开自己的庇护，寻找并组建了自己的家园一般。

日渐形容枯槁的奶奶，比田里的麦子提前成熟了许多许多，这种无奈中年岁增长的成熟，在爷爷过世之后尤其显得一目了然。在高温火化炉上渐渐冷却成了一捧乳白色灰烬的爷爷，被奶奶执拗地埋到了老家乡下朝阳的大圩上。圩子的北侧，是一片一望无际的麦田，麦田的尽头是爷爷奶奶共同生活了六十八年的家。那段时间奶奶每天清晨都会将目光延伸过宽阔的麦田，竭力张望着大圩上爷爷的墓地，其实，她原本有点浑浊的眼光根本看不到那么远，她看的是念想，是六十八年前爷爷用一顶花轿穿过几垄麦地将她抬回来的念想。就是这点滴的念想啊，也很快就没有了。各有其事的子孙们放心不下奶奶一个人的起居生活，不顾奶奶的百般反对，毅然将她的被窝行头等带到了集镇上窗明几净、装修如同宾馆一般的商品房家中。穿着寒碜的奶奶生活得战战兢兢，如同在集镇富丽堂皇的亲戚家中做客一般：打着蜡的地板让她不敢挪动细小的脚，冒着蓝光的煤气灶远没有她乡下的土灶那样来得泼泼洒洒，太多油腻的饭菜咀嚼不出一丝她亲手种植的菜园里的香味，子孙们早出晚归忙碌的身影，让她似乎成了一个多余的贵客。

麦子越来越黄了。奶奶越发想念起大圩上的爷爷。这从清明节那次——爷爷去世后唯一一次带着她祭奠爷爷的墓地，就可以看得出来奶奶的悲伤。号啕大哭的奶奶引发子子孙孙纷纷地掉落眼泪，只是奶奶的眼泪与他们不同，奶奶的心思还停留在爷爷六十八年前的承诺上。那也是麦子飘香的季节，一承诺就承诺了一辈子——六十八年。在世的时候吵吵闹闹了一辈子，突然间与自己吵闹的人就没有了，巨大的失落感像收割完了麦子后的麦田一般苍凉、寂寥，农人只是沉浸在满载的收获快感里，全然不理会奉献了一季肥沃的土地现有的凄凉，就如同没有子孙能够懂得爷爷去世后奶奶内心压抑的悲痛一般。

乡下灌足了浆水的麦粒还在微风中摇曳着，集镇上的奶奶却收拾着自己的小碎花青布包。她下了很大的决心：明天，一定要回到乡下去！安安静静沉睡在大圩上的爷爷的墓碑旁，在四月充沛的雨水里一定陡生了许多许多的杂草，清明节的那天她就亲手拔掉了不少。还有，她攥紧了口袋中的那颗抚摸了好几天的熟鸡蛋，想象着明天就可以在漫野的麦香中，将它供奉在张贴着爷爷照片的墓碑前。奶奶瘦小的身影似乎挺直了许多，至少，在老家门前就可以透过麦田看得见那块日思夜想的地方，甚至，自己的喃喃私语也可以在微风的吹送中飘到大圩上，萦绕着、伴随着。

这世上，有许多的承诺没来得及说，或者没来得及兑现，但是并不表示不曾存在过，有很多时候，其实就是镌刻在心上，形成了一道道不可逾越的坎儿，就像一畦一畦的麦垄一样。

第七辑　诗意家乡

潮涌东方

一

友人送来“伟业·港城首府”宣传册的时候，我正在看中央电视台大型纪录片《沿海行》。这个纪录片我已经反复看过多次了，最爱的就是片尾韩磊演唱的主题曲《潮涌东方》:“海浪洗刷了千年的沧桑，才展现你向前的力量；海风吹化了千年的风霜，才重现你挺直的脊梁。多少目光把你遥望，你是赤子眷恋的故乡，多少双手把你开创，你是播种梦想的土壤……”雄浑而带穿透力的声音，屡屡将我的心击打着，屡屡将我的思绪带回到童年的那一片故土，那是我的家乡——沿海，越过一道道海堤，向东是大海!

记忆中的弶港沿海，一直是一幅渔歌唱晚的中国油画。腥风吹拂的海面异样平静，一张张巨大的渔网撒向蔚蓝色的水中，一张张褶皱如核桃的渔工笑脸在网被拖起的瞬间绽放开来，宛如盛开的海葵。远处“突突”的机帆船在汽笛声中乘风破浪昂然向前，飞溅的白色浪花一朵朵飘荡在船舷的两侧；浩渺无垠的滩涂上孕育着文蛤、竹蛏、泥螺等上天赋予的精灵，浅海处的紫菜、海带摇曳着袅娜的身姿，为这片东方湿地守护着圣洁的眷恋。多情的不仅仅是歌曲，还有我对家乡海边的牵挂，因那片土地上有我至爱的亲人，因那片土地上牵挂了我太多说不清道不明的情愫。

“伟业·港城首府”，好气魄的案名，一如陶叶董事长当年高瞻远瞩，率先在盐蒿满地的荒滩上落地生根。知晓伟业集团是因为台城的一个楼盘“法国小镇”，依傍着悠悠串场河水，个案设计独特而在里下河地区声名鹊起。留心过陶叶董事长的创业艰辛与不易，诧异他独具匠心地将房产开发商趋之如鹜的台城毅然放手，而转战盐碱地，把一切从头来过。我想，这种气魄应该来自他内心对那片神奇土地的向往！

二

当沿海开发上升为国家战略后，昔日的荒滩瞬时就沸腾了起来：巨大的白色风电机组笔直地矗立在滩涂上，等待每一个来访者的庄严检阅；黑色光滑的太阳能发电板排列如昔日的渔网，吸尽天地光华转化成光明的力量；红红的盐蒿羞涩地躲避在角落里凝视着荒滩翻天覆地的变化。经济迅猛地发展起来，不再有撼天的渔号子声，不再有遍地低矮的鱼舍茅草房，取而代之的是一条条宽阔平坦的柏油大道，是一幢幢拔地而起的绿色能源、绿色产品基地。

伟业毫不犹豫地出手了。面朝一道道宛如巨龙的围垦大堤，面对一天天宽厚坚实的广袤大地，面向一处处充满生机的发展欲望，伟业人率先开创这片土地的梦想。面对最初的环境恶劣、基础薄弱、条件较差等困难，伟业人迎着朝霞昂首阔步，带来全新的居住理念，带来沿海人民的居住福音，高起点规划、高效率运作、高水平建设、高速度发展，用奇迹抢滩弶港沿海大开发。凭着无所畏惧的勇气和舍我其谁的霸气，在绿色能源之都、在绿色产品加工基地、在红色海防团之源、在黄海森林天然氧吧，伟业人挽起裤腿踏上坚实的脚印：厚重、大气。

南黄海的涛声依旧在拍打着海岸，后浪推前浪。然而历史会记得每一个最初开拓者的模样，亘古不变。

三

幸福是永恒的追求。伟业人有幸成为弶港沿海开发的第一批守望者，这种守望，更多的是守护着安宁与祥和，守护着“港城首府”默默带来的无与伦比的幸福感。沿海开发，大潮澎湃。终有一天当人们在风生水起、活力四射的弶港新城目睹这方沉寂了千百年的土地所发生的巨大变化的时候，一定会想起初始创业者的豪情付出与艰辛历程，一定会记得，在这一年伟业人勇立潮头！一定会记得站在创业最前沿的伟业人！

秋风乍起，丰收硕果；白鹭轻翔，海鸥旋飞。“我爱你朝霞初放，爱你春风春雨春雷响亮；我爱你激情飞扬，爱你潮起潮落潮涌东方……”伟业人，用粗糙的双手，谱写了大地创新的诗行；伟业人，用播撒的爱意，奏响沿海开发最美的乐章。

今夜，我们一起倾听：潮涌东方！

天空有多遥远

天涯路，离水殇，重露深霜。秋草黄，雁南飞，犹诉衷肠。听到你传递来的一个个消息的时候，我为你高兴、为你欢欣。窗外，正值秋阳高照，我知道，你就飞翔在这片天空上。

认识你的时候，是在一个如花的季节。

想着你在海春轩塔下步履维艰，在串场河畔踟蹰而行。那一年，你耗尽心血绘就了“伟业·法国小镇”的水墨长卷，出手不张扬，只是几笔简单的勾勒。青黛的屋顶斜映在蓝天白云下，背依蜿蜒而伸的大围圩，静居在城市的一隅，没有喧嚣、没有车水马龙。然而就是这种宁静，让每一个入住的业主都心生欢喜，轻嗅着从堤西水乡吹来的稻花香，放眼近在咫尺的诗意垛田，那种氛围是久违的乡村野风，是似曾相识的农家四合小院，是在鸡鸣狗吠的清晨，伴随着袅袅的炊烟，从晨曦破晓的第一缕阳光中悄然而至的归属感。

再见到你的时候，你从台城转战沿海荒滩。

我不知道你在那样一个没电力没基础设施的盐碱地度过了怎样的一

个个寂寥的夜晚，也无法想象在那个缺水多风沙的地带你如何白天黑夜与之抗争。我只知道，你在沉默地工作着，汗珠滚落到沙性的土壤，瞬间就不见踪迹；我只知道，你顶住流言蜚语，衣服湿了又干、干了又湿，背脊上的汗渍就像这片土地上白花花的盐碱；我只知道，你内心充满着希冀，因为你深爱着脚下的这片热土。两年后，“伟业·天源城”的横空出世惊艳如电！当你手中的作品傲视着沿海这片依然荒凉的土地的时候，我看到了你会心的笑容。谁也不会相信你会在这样的滩涂地上，在这样一个仅仅初见倾心的地方就砸进前半生的拼搏。然而，我读懂了你，你追求发展的个性驱使着你不断前行，于千锤百炼中寻找自己的价值。

再后来，我在如火如荼的港城边看到你的呕心沥血之作——“伟业·港城首府”。

不敢去惊扰你忙碌的身影。在宽阔便捷的港城大道上，我翘首那片朝霞初放的楼盘，“伟大源自敬业”仿若熠熠生辉的佛家禅语；在白鸥轻翔的滩涂之上，我凝视那片充满生机的楼盘，不敢去想象你经历了怎样的苦痛才迎来这丰收的满庭香；在涛声依旧的南黄海岸边，我回眸那片宜人宜居的楼盘，思索着该是怎样风生水起的眷恋让你在这方土地上流连忘返。万树繁花，千载繁华。不仅仅是放手一搏，不仅仅是投资挣钱，你的目光在更深更远的地方！你不是画家，却画出了所有沿海人的居家梦想；你不是作家，却丰富了所有沿海人的居家文化。

“天空没留下翅膀的痕迹，而我已经飞过。”我不知道你搏击的天空有多遥远，但我知道，你已经在准备下一次翱翔！

梦里的时光

一直想，在一个静静的午后，泡上一杯淡淡的菊花香茶，蜷缩在咖啡色的藤椅里，打开一本书，在秋日的暖阳中，度过闲暇的时光。而此刻，站在港城首府的某个阳台上，我心顿时释然——寻找已久的家，就在眼前。微澜的海风吹拂了千年的冰霜，而生命中那股向前的力量，驱使我依然可以寻找到心灵的家园。

看着窗外车来车往、人来人往，想象着在这个城市副中心地带的某一个红绿灯前、某一条马路上，我也夹裹着匆匆的行色，忘记曾经的风花雪月，忘记暖色荧光灯下爱的晚餐，在熙熙攘攘的人群里为生活而奔波，寻找属于自己的家。在若干次华灯初上的黄昏，我憧憬着在白色烛台上点燃根根蜡烛，爱意洒满整个空间，我所寻找的家是那样的温暖，一如当年母亲精心呵护着咿呀学语的我。眺望远方，巨大的风电机组缓缓转动着，在蔚蓝的天空上，一圈一圈地刻下时光的年轮。弹指光阴，十年一瞬，沿海经济区这个时代的年轻弄潮儿一路放歌而来，纵横交错的道路交通，鳞次栉比的贵商名企，绿色能源之都，绿色产品基地，成为我心之所往的圣洁殿堂。我的脚下，是一片年轻的土地，我所伫立的地方，是曾经的盐蒿地、荒碱滩。而今，伟业人迈步从头越，氤氲出水墨的清淡和雅香，致力打造的港城首府仿若那位沉睡的楼兰新娘，一朝从梦境中醒来，绽开灿若三月桃花的笑靥。

盘旋的海鸥“啾啾”地划过天际，围垦的滩涂张开巨大的胸膛，一泓绿水，如母亲的乳汁滋润着千年的传说。盐民不再，煮卤的锅灶也已经早早地镌刻在历史的画卷里，一去不返。而盐民的后代依然在这方神奇的土地上延续着神话。白帆点点，驶向蔚蓝色的深处，伟业人的抢占先机、伟业人的豪情手笔、伟业人的大气蓬勃都在港城首府完美演绎出来。家是温柔港湾，在无数个有梦的日子里，我不要商机，不想商铺，不念奢华，只求温馨。如今在这里我终于寻找到了梦里的家园，也想就此一睡千年，再睁眼时繁华不再，而家依然。

白云悠悠，潮涨潮落，黄海水依然以它翻滚的浪潮昭示着轮回；芳草萋萋，冬去春来，伟业人总是用他盛情的期待营造着希望。在这样一个海风猎猎、霜深露重的日子里，凭栏望，不见雕栏玉砌，故人还在，港城首府所展现的不仅仅是简单的居住楼盘，还有那引领家居环境的理念更新。目光触及处，是刚刚翻开的一本新书，一行字跳入眼帘：因为一个人，爱上一座城。梁实秋《送行》里那句读得令人心动的话语再次在脑海中一闪而过：“你走，我不送你，你来，无论多大的风雨，我都去接你。”想念一个不在身边的人，心会疼痛；想念一个爱意萌生的家，心会温暖。我不走，因为这儿有我的家，因为这儿有港城首府。

今夜，在梦里，我寻找旧日的时光。

从此心里有个你

一

初识国贸，还是在乡下工作的时候。

婚后两个多月，妻子和同事从台城学习回来，放下行李的第一句话就是：“你知道这几天我们除了学习，还去哪儿了？”难不成还组织出去参观学习了不成？我还没有说出来答案，妻子就迫不及待地和我说：“学习枯燥死了，空余时间和几个姐妹都是在国贸大厦里面逛。这不，我给你买了一件衬衫。试试，看看大小如何？”我心想，我家两代人都是商业系统的，所谓的大商场，无非就是个大一点的购物场所罢了，也许就是一个商场换了一个名字而已，倒是对妻子给我买衬衫的举动有了几分感动：有家了，有个老婆真好，有人疼自己了。

穿上新的衬衫，在妻子的摆弄下我左转右转，妻子忽然说：“别动，别动，让我看一下胳肢窝。”我半举着胳膊，妻子凑到我胳肢窝下一看，咋呼起来："糟了，买的时候我没有拆开来看，胳肢窝的针线没有缝好，一个大窟窿呢！这可咋办啊？"望着刚才还热情高涨、顿时神情萎靡的妻子，我哭笑不得。对于她的马虎我恨不得天天说，但是此时不能打击她的积极性，我强笑着说："没事，我刚好后天要去台城开会，你把发票给我，我带去换换看。"

那天到国贸大厦的时候，我直接到了服装柜，拿出收货凭证向售货员说明情况，内心有点儿忐忑。如果真的不肯调换，我准备就重新买一件回去哄哄妻子。没想到售货员在听完后，立马说："对不起，对不起，是我们的失误，当时还在想有一件准备到厂家退货的衣服怎么不见了。你稍等，我现在就给你调换。"不一会儿，售货员重新拿来一件衬衫，并当面拆开给我试了一下，认真帮我检查了各个部位的针线，再帮我装好了递给我。不一会儿，又过来一位女士，自称是柜台组长，一个劲儿地说："对不起，是我们的工作失误，请你原谅，耽误你的时间了。"说得我倒不好意思起来。

走出国贸的时候，已近傍晚，国贸上方的霓虹灯已经闪烁起来。我回望七彩灯光下的国贸，八个大字显目地跳入了我的眼帘：一次为客，永远为友。我知道，无论购物还是不购物，从此我的心里有"国贸"了。

二

再识国贸的时候，我已经调进了城里工作。

那天早上，正在洗脸的妻子忽然发现自己脖子上的项链不见了，两个人从水池边找到房间里，最后在床缝里找到了已经断裂的项链。妻子眼泪顿时下来了，我知道这个项链对于妻子来说很有纪念意义，那是我和她相识的时候节省了大半年的工资为她买的，甚至结婚的时候妻子都没有要我再买金首饰给她，她说什么都比不上那一条项链。我安慰她说：

“没事，找个金店给你焊一下就是了。”可是妻子听说街面上的一些金店会缺斤少两地攒点儿客户的金子，她不放心送到街上去弄。

这可怎么办呢，因为我也刚刚调动到台城，谁也不认识啊。忽然，我想起来了一个地方：国贸！国贸的一楼有个专门维修金器的地方。我对妻子说，这事儿就交给我办吧。带着试试的心情，我来到了国贸一楼的黄金维修部，说明情况后，维修部的人员说，你稍等，现场看着我操作，几分钟就给你弄好。忐忑的我睁大眼睛盯着维修人员的手，看他先是在天平上称了一下，在一张纸上记下了一个数据，给我看了一下，然后就在柜面上直接用焊枪焊好了，冷却以后，又放到了天平上称了一下，让我看：你瞧，和刚才的数据一样。我有些尴尬起来，似乎是自己以小人之心度君子之腹而被别人看穿了。维修人员看着我涨红的脸说：“没事儿，这是我们应该走的程序，这样客户放心，我们也省了不必要的麻烦。”我讪笑着准备给点儿工钱，谁知道维修人员却说：“拿走吧，举手之劳，不要费用了。”

倒不是因为省钱了，我内心过意不去，而是一者这条项链本不是在国贸购买的，他完全可以拒绝我；二者因为他细致周到的服务彻底折服了我；三者这虽是举手之劳但不是他的义务。走出国贸，我再回首看夜幕中新装修的国贸大厦，大厦顶上的那八个字这么多年了，依然熠熠生辉：一次为客，永远为友。

三

最近一次接触国贸，是因为一次公务接待。

宾客下榻在东台国际大酒店——国贸下属的一个子产业。那天早上，来的客人中，有一位提出想喝一点儿小米粥。话说早餐已经按照标准全部上了桌子，临时为某一个客人特意做一碗粥，我自己想想都不好意思开口，但是客人的要求我又没法回绝。我在餐厅门口来回转着，正不知道怎么办的时候，身边传来一声轻轻的问候：“先生，有什么需要帮忙的吗？”我一看她的胸牌，写着大堂经理，具体名字已经记不得了，我试着将客人的要求说了出来。没想到她听完后莞尔一笑：“没问题，就是要请客人稍等片刻，我现在就通知后厨准备。”她用对讲机安排好后，又问我：“后厨已经开始做了，十分钟后就可以端上桌，请问其他客人还有什么个性化的要求不？”我连忙表示感谢，说不需要了。不一会儿，小米粥端上来了，客人吃得很开心，我特意在他耳边私语：这是酒店刚刚特意安排的。客人连声称赞酒店的服务。

接待结束后，我特意想在酒店找到那位大堂经理表示感谢，但是我等了十多分钟都没有再见到她人，我又到总台表示我的谢意，总台的前台接待人员说：“不需要感谢，换了任何一位接待您的大堂经理都会这么做的。我们国贸的人文精神就是一次为客、永远为友。希望您对我们的服务多提宝贵的意见。”

是啊，国贸的任何一位员工都会这么做的，因为国贸“一次为客、永远为友”的精神已经深深地镌刻在他们的内心。之于我对国贸，初见惊艳，再见依然，从此心里有个你！

秋日金沙湖

走近金沙湖的时候，我甚至来不及准备，来不及准备好游玩的心境，就如同一个衣衫褴褛的行者一头闯进了金碧辉煌的宫殿。

初秋的太阳已经很温存，但是空气中依然弥漫着燥热。一轮巨大的半圆式喷泉从地面激荡而起，四溅的水花仿若故黄河岸边盛开的白莲，迎接着我这个不知所措的初入者。而后，整齐划一的喷泉方阵，如同接受检阅的列兵，我从她的身旁走过，有一种莫名的骄傲和自豪。没有嬉戏，我庄严地注目着，两侧的铜雕却私下里笑了，笑得那样的坦荡，如毫无杂质的流水一样。缥缈的音乐声传入耳际，仿佛远处青黛色的墨染，在宣纸上涤荡开来，一直沁入心灵的最深处。

隔栏远望，一片黄沙茫茫，一泓碧水静静地躺卧在中间，像一汪明眸清澈见底。想起一首歌："人们说的天空蓝，是我记忆中那团白云背后的蓝天，我望向你的脸，却只能看见一片虚无，是不是上帝在我眼前遮住了帘，忘了掀开……"而我看金沙湖，不是一片虚无，而是真真切切蓝天白云下的清波。沙山上显露出隐约的绿，甚至有些桀骜不驯的样子，昭示着这个秋天的最后一丝挣扎。风儿吹过，一片沙尘微微扬起，未到夕阳西下时，而我看大漠孤烟直的心绪始终飘荡在宁静的湖面。白鹭从水面掠过，翅膀击水，惊动一群鱼儿仓皇地四处散开，秋蝉的鸣声不绝于耳，湖面在秋阳里缓缓升起水汽，这是七仙女沐浴的温泉还是天堂缭绕的云烟？我不敢去仔细抚摸，唯有趺趺绊绊地迈进那泓水波，一头扎进去。婉约的金沙湖不改她柔美的情怀，面对我粗犷的擅入，笑得依然那样的甜美，脸上的波纹一圈一圈地漾开，很远很远。

秋日的湖水已经有些微凉，脚底的细沙盘旋在每个毛孔间，凉彻肌肤。我不是个合格的泳者，故而我行走在金沙湖的水中，行走在金沙湖水草柔美的水间，行走在金沙湖鸟影倒挂鱼翔浅底的水边，气氛刹那变得很静很静，孩子们也都屏住了呼吸，惬意地感受着这水带来的舒适。清净是属于他们的，我什么也没有。在这蓝天白云碧水间，我已经变得什么也不想，什么也不管，任内心的情愫飞扬在那一方天地，没有世俗的约束。

来自苏北灌溉总渠的灵性，交替着故黄河数百年的沧桑，孕育了金沙湖的诞生。因此她的面世便有了不落凡尘的空灵与妙曼。佛说：一花一世界。我看金沙湖，一水一世界。作别西天金光闪闪的云彩，我再次回眸凝视岸边袅娜的杨柳，娇人地扭动着。金沙湖，恍若前生今世约定的待嫁新娘，我不忍撩开那层面纱，唯有仔细品读！

仰望昭阳

兴化史称昭阳。写下这个题目的时候，我刚刚从江苏省兴化市缸顾千岛菜花节踏青回来，在QQ上与兴化籍作家兼诗人杨玉贵交流此行的感触，我对玉贵虔诚地写下这样一段文字：“兴化有太多的历史人文积淀，对兴化的传统文化和兴化乡土文学现象，我唯有仰望和膜拜。”我说的是内心的真话，此番兴化之行，是我两年之内第三次去了。

我所居住的这个小城，与兴化相距百里，虽分属两个不同的地级市，却是同属里下河地区，有着同样的方言、风土人情和风俗习惯。幼时知晓兴化，源于大人们口中常说：“西边的兴化又被大水淹了。”再不，就是逢年过节的时候，门口常常有唱渔鼓道情的，捧着个大竹筒子，一头蒙着牛皮，斜倚在怀里，一手拍打着筒底发出“咚咚”的闷声，一手拿着两片儿长约三尺的竹片，击打出“啪啪”的清脆声，嘴里唱着“老渔翁，一钓竿，靠山崖，傍水湾，扁舟往来无牵绊”。声音沙哑而清远，有好事者将彩头（硬币）置于竹筒内，唱者竟能用竹片从竹筒中将彩头挟出，观者为之叹然。及至成年求学，知晓兴化源于郑板桥的一首诗：“衙斋卧听萧萧竹，疑是民间疾苦声。些小吾曹州县吏，一枝一叶总关情。”以及他传世后人的“难得糊涂”四字真言，这位清代落魄文人生于兴化卒于兴化，也可谓适得其所。还有就是《水浒传》的作者施耐庵，相传亦为兴化人。再后来，熟悉兴化，或者说关注兴化，是因为著名作家毕飞宇的那本《平原》，小说中描写的兴化中堡镇，与生我养我之地同属苏北里下河，其风土人情如出一辙，令我为之折服。其后，我更多的是看到关于兴化的乡土文学和兴化作家现象的研讨，在中国文坛像是吹动了一阵自然风。

2010 年 4 月，《江苏土地》编辑部拟召集一次笔会，筹划期间，国土资源作家协会兴化籍作家徐兴旗、杨玉贵两位同志极力推荐召开地点放在兴化，玉贵同志还专程拍摄了缸顾千岛菜花的美图，并附上了他所写的散文《垛田四月菜花黄》。美图美文，令人神往，加上主人的盛情邀请，编辑部最终确定在兴化召开春季笔会。去兴化参加笔会之前，我在网上再次百度了一下兴化：兴化市位于长江三角洲北翼，东以串场河与东台、大丰为界，南与江都、姜堰毗接，西与高邮、宝应接壤，北与盐城隔河相望，市中心昭阳镇，为楚将昭阳食邑，至今已有两千多年的历史。一个有着两千多年历史的城市，该是怎样的沉稳与厚重？带着这样的疑问，我第一次走进兴化。也就是在那次笔会上，我第一次见到了总在报端看见名字的徐兴旗和杨玉贵，两人风格颇异：兴旗偏瘦，少言语，长于乡村题材，农村随手可见的大锹、扁担、碌碡等在他的笔下都有令人心悸的韵动；而玉贵偏胖，喜交流，善于乡土题材诗歌创作，作品多次获奖，并出版个人诗集《生活的路上》，自称是乡村的苦吟者。第一次踏上兴化的土地，在李中水上森林，在缸顾千岛菜花垛田，在郑板桥故居，在兴化博物馆，我以一位虔诚的后来者瞻仰这座城市，我的思绪在茅山号子、在渔舟唱晚的道情声中飞得很远很远。

初到兴化，其实，我读不懂兴化。直到现在，电脑里还保存着 2010

年从兴化回来后未能完成的《兴化印象》一文。我已经不想再继续写完那篇文章了，因为实在是无从下笔。兴化给我的印象是那样的空蒙、那样的缥缈，那穿越千年的苦旅文化让我有些无所适从，无法落笔。那篇文章搁浅之后，心中竟然有个欲望，就是还想去兴化看看，不看那水，不看那人，也不去看那一道道人造的风景，就想静静地徜徉在兴化的青石板路上，用心去聆听那片土地。这便有了 2010 年末兴化冬季之行。那天，玉贵打电话给我，说山西运城的国土诗人范宗胜到无锡参加第二届“太湖杯”大地诗心颁奖盛会，顺路来兴化采风，问我可否一聚，我欣然带幼儿前往。

冬天的兴化，和全国其他地方的冬天一样，空气中也弥漫着寒冷的味道。去的时候，天正下着毛毛细雨，陪范诗人到垛田拍照，到李中水上森林坐木筏，夕时回城，身上已淋透。晚间，五六文友，把盏言欢，宗胜酒量大，为人豪爽，逢人敬酒，来者不拒。席散，步行兴化的明清仿古街，一排排的青砖青瓦，整齐划一的杠木门，微微探出头的排档招牌，让我有种“独在异乡为异客”的感觉。微醺的我斜倚着兴旗的肩膀，对他说：“我还是看不懂兴化，或许，我是外来的和尚吧？”兴旗拢着我的肩说：“我在兴化生活了四十多年，也没能读懂兴化。”我不知道兴旗兄是否是在宽慰我。酒酣夜宿兴化，半夜我从梦中惊醒，盯着宾馆墙上挂着的仿郑板桥手迹“难得糊涂”的牌匾，我头昏脑涨，口渴难耐，咕咚下半杯凉茶，静坐半晌，终于明白，自己原来只是兴化的一个看客，我怎么能够读懂？又怎么会读懂？是“恭俭温良，粹然无滓”“性静情逸”的刘熙载，还是“角巾私第”“婆娑里社”“状元宰相”的李春芳？我回答不出。那个清晨，我站在兴化的东门，一丝丝的冬雨毫无遮拦地钻进了我的脖颈。烟雨中，凤凰桥畔，沧浪水边，耐庵公坊，昭阳采邑，耳边仿佛传来元代著名隐士钱舜卿泛舟溪上《沧浪夜雨》的悲怆歌调：“濯缨亭下沧浪渚，格格飞禽飞傍午。西风度雨千荷鸣，坞头潮声喧逐暑。扁舟老子绿蓑衣，钓丝细卷歌嘎咿。清兮浊兮人不识，劝君高歌达今夕。”冬雨的兴化，那样赤裸裸地展现在我的眼前，我不能回眸，不能相望，因为我知道，我不能读懂他，那就尘封他！

这个周末，兴旗打来电话：“缸顾的菜花开了，来不？”我颇有些迟疑，兴化之于我，似乎成了一块心病了。正巧身体有些许的不舒服，妻子便鼓动我：“出去走走吧，走走也许会好起来。”于是，我又再次来到兴化这座城。

四月的兴化，阳光明媚，草长莺飞。第一站照例去看缸顾的菜花，终于明白古人曰“游人如织”是什么意思，当天上午景区已接待六万人次。四月的菜花开得很盛，在阳光的艳托下，金黄得有些刺目。田间，有长者伫立，细嗅花香；有少女举眉，傍依花丛；有孩童穿梭，像一只只飞来飞去的小蜜蜂。坐在无篷的木船上，憨厚的船娘招呼着来来往往的船只，大声吆喝着，木桨在清澈发绿的水面划出一道道晶亮的白线，不远处，还有“欸乃”的橹声！我只是想，这水，若是配上一点点青黛的山，那该是多美的油画？“昭阳有山吗？”我扭头问坐在船舷上的兴旗，他似乎看出了我的问意，随口说道：“昭阳，得名于昭阳山，你说，兴化能没有山吗？”他如孩童般嬉笑起来。我被他笑得不好意思，低头看水，不再言语。饭后，兴旗说，去兴化的老街看看吧，那里有你要寻找的东西！懒散地走在青石板的路上，老街正在拆迁中，兴旗说，这里的拆迁不是拆老房子，而是拆新房子，保留旧房子，恢复原有旧貌，明清以前的建筑都留着呢！我细细看过去，从百年中药老店“上池斋”、八字桥、“洪怡泰”茶庄、米市河、掸子坊，一直到“万兴大典”，狭窄、古朴的老街，随处可见一些年代久远的穿斗房，石板路分布其间，被风吹雨打的墙面透出无言的沧桑。微风吹过狭窄悠长的老巷子，犹若前人留下的或清晰或模糊的背影，正漫不经心地来来往往，而巷子里的手工业者和那些悠闲喝茶的老人，仿佛几个世纪前就已经来到了这里。我一路看过去，一路脚步沉重，那些斗拱交错、重檐飞翘、“青砖小瓦马头墙，回廊挂落花格窗”的中国传统特色建筑，让我不时停留伫立，抬头仰望！我看的不单单是历史，而我踩着的，却是那两千多年历史的沉淀。兴化自古出文人，从城内至今仍存的文昌祠就可以看出，当年众多布衣“唯愿朱衣一点头”，追求的是出仕，终究落得如郑板桥般遍体鳞伤的下场，回归故里！这种悲哀，应该不仅仅是兴化文人的！然我，终于明白昭阳的山在于何处？应该在兴化文人的心里！这对李春芳、施耐庵、郑板桥、刘熙载，抑或毕飞宇、兴化乡土作家群、里下河文学而言，应该都是一样的！

阳光依旧静静地从里下河淌过，历史毅然前行。而我，终究只是兴化的一个过客，我知道，之于兴化，我永远是读不懂了！

木塔寻禅

此番决定去江苏省兴化市昌荣镇的时候，距离友人定下的邀约已经过去快一个月了。推不过友人的再三盛情，那个轻雾缭绕的早晨，在友人一个接一个的电话催促中，我挎上包匆匆登上了去昌荣的班车。坐在车上看窗外一茬一茬闪过的稻田时，才想起来自己此行连相机都没有带。

去昌荣，是为了去看木塔禅寺。

木塔禅寺，顾名思义，有塔有寺。它位于兴化得胜湖以东，古唐子镇以西，车路河以北，两条塘港河之间的水网平原上，距兴化城约六十里。建于唐代长庆（821—824）年间，距今已有约一千两百年。从王象山的诗文中可以看出，明末清初的木塔寺尽管因战争的破坏，已经成为萧条古寺，但仍然金碧辉煌。一条如虹的石桥将人们引入山门，寺中有双树（黄梅）和木塔，还有高大的“玉舍楼阁”，可以登临探海，可以观瞻龙蟠的得胜湖和雄鹰翱翔的万里晴空。

木塔寺以木塔而闻名。“木刻浮屠七宝装，玲珑遗物称名胜。”塔分九级，平面八角，高约丈余。雕琢精美，内有藻井，壁嵌天王像，龛内坐佛带着永恒的微笑俯视着尘世。梁、坊、斗拱全部为榫卯结构，无一铁钉。油髹光彩照人，嵌以金玉玛瑙，复以琉璃飞檐，上立珠宝相间的刹顶，迎着朝阳，熠熠生光，放射出七彩霞蔚，因此成为兴化“昭阳十二景”之一的“木塔晴霞”。佛寺的主体建筑就是寺院和塔，在山区还有石窟。兴化平远无山，有塔有院足称规模。根据有关资料记载，佛寺中的塔早期主要为木制，唐代才开始以砖塔为主。兴化木塔沿袭古制，被保存了一千多年，应当说是十分稀罕和弥足珍贵的。我国现存最早的一座高达六十七米的应县木塔建于公元 1056 年（辽宋时期），比兴化木塔晚了至少两百年，兴化木塔的形状恰如应县木塔的微缩，而应县木塔似乎就是兴化木塔的放大，也是八面九层。古代的佛塔确有大小之分，其功能作用亦有区别。大塔其实就是佛教的殿堂，小塔的作用较多，它可以是和尚的骨塔（坟），也可以是贮放舍利子或珍贵经卷的龛。而兴化木塔最初是立于大殿正中央的佛龛，它的作用等同于大塔。直至 1904 年（清光绪三十年）才由壁成和尚移于殿外，并覆以双层高亭。

木塔寺又以两株黄梅而闻名遐迩。“傲骨枯枝殊色相，三冬依旧发奇葩。”黄梅即蜡梅，建寺之初，“贾人以木筏载黄梅一株，树之殿旁，殿成而梅盖盛”。以后又分出一株，移植至殿前另一旁，因此形成“双树百年来法雨”的景观。两株千年古树有着许多美丽的传说，当地人视花如神，爱树如人，分别称谓为“大小姐”和“二小姐”，也可见花开之日，娇艳逼人。就是这一座被泰州兴化人民引为自豪的古刹丛林，却在 1941 年兵宪中化为灰烬。

友人已经早早地守候在进木塔禅寺的路口，一路前行，过小桥流水，听鸡鸣狗吠，看云卷云舒，不经意间，已经是木鱼声声、香烟缭绕。宽厚慈祥的住持沏茶、让座，我却无意走出了禅房，只见遒劲的蜡梅傍依着古老的银杏树，一派农家气象。

寺庙不大，一圈转下来也就几分钟的时间，有些失意。友人在身后窃笑："佛在心中，禅在生活。"往回走的时候，桥上的老人有的在闲聊，有的在翻晒稻谷，还有三两者捧着紫砂的茶壶悠闲地晃悠着。顿悟，原来，禅真的在心中！

夏雨，小镇

不知道为什么，今年夏天的雨似乎特别眷顾我所工作的这座小镇，常常在你完全没有预料的时候就下起来。其实，不仅仅是小镇，媒体里整天播着全国好多地方都发生了涝灾。

小镇位于城市的西郊，离市区十余里路程，却秉承了典型的里下河地貌：沟塘港汊，河网密布。夏天的雨来得密集而奔放，在这个长长的午后，我端坐在窗前，看整个小镇都笼罩在瓢泼的大雨中。雨点因下得太猛，已经变成了一根根的白线，由天空悬挂而下，远处的天青黛一色，偶尔有闪电划破，像平静的水面撕开了一道口子，雷声轰隆隆由远而近，不绝于耳，天地间就剩下“噼里啪啦”的雨声和时远时近的共鸣雷声。屋檐上的雨水形成了一道道水帘，窗户的玻璃上，一浪一浪的水纹掠过，显得那样激烈。在雨声中，一杯香茗渐渐凉了，是因为凝神听雨太久，而忘记了喝。

暴雨中的小镇如汪洋中的一叶扁舟，街道上水流也湍急起来，一圈一圈地卷着漩涡。水面上一个接一个的水泡腾起又炸开，甚至来不及完美绽放它瞬时的美丽，旋即又被后续的雨水冲击着，心波在此刻也泛起了涟漪。风在一刹那鼓吹开来，街道两旁的梧桐叶上下翻舞着，卷起层层的雨雾，唯有枝干倔强地向天伸展着、挣扎着，让人不忍瞧见那痛苦的模样，全然不见李清照笔下的“……点点滴滴。这次第，怎一个愁字了得”的离人心上秋！夏雨的热忱是无法预料、无法拥抱的，它来得那样迅猛，来得那样让你不及设防！

雨后的小镇显得格外清新，小镇的四周被绿油油的大田包围着，河里的水已经漫过河肩，快与路面齐平了。水是浑浊的，有种刺眼的黄，田间的墒沟里也是一洼一洼的水，不甘寂寞的青蛙已经欢快地“呱呱”叫起来，初生的秧苗如前世的佳人，挺着修长的身子在微微摇曳。小镇没有江南烟雨的迷蒙，没有古朴凤凰的沧桑，没有瑶山苗家的清秀，却也从来不失美丽而动人的传说。卖身葬父的董永与来自仙界的七仙女之间的动人心弦的缠绵故事依旧流传不朽，只是，在这个夏日的骤雨中，一切都成为历史的过往：辞郎河畔，旧时的厮守，只剩下风雨中的老槐树在等待千年未归的相思！双鞋庄上，昔日的繁华，唯有写意的情思在长狭的巷子中随风穿过！摩云村里，明镜似的荷塘，是否还残留仙女沐浴升天后的余香？缫丝井旁，青石依依，欸乃的橹声从一旁的串场河里荡漾而过！

我不知道在这雨水清洗过的小镇，究竟还该有什么样攒动的记忆？我只是喜欢上这夏日的雨，喜欢上这夏日雨后的小镇！

怀念的不只是岁月

作家辛夷坞曾说过，故乡是用来怀念的，当你怀揣着它时，它一文不值，只有将它耗尽后，再回过头看，一切才有了意义。

1987 年的一天，放学后的傍晚，我正和邻居家的孩子躲在商业公司第二门市部门口的棕榈树下，玩着自行车链条做成的“火药枪”。所谓“火药枪”，只不过是刮点火柴头上的芒硝，在钢丝针的撞击下冒出一阵青烟而已。

令我相当郁闷的是，每次只要我刚刚开始玩，父亲就会悄无声息地走到我的背后，无论我躲在哪个角落，他都有一双透视般的眼睛，能很快找到我。这一次也是，当我兴致勃勃扣动扳机时，我的耳朵已经被父亲生生地拎着，不由分说将我拖到了他所在门市部厅堂的高大柜台前，让我趴在柜台上就着玻璃煤油灯写作业。而父亲照例会在一侧将一把同样油亮的算盘拨打得“滴滴答答”的。

煤油灯的玻璃灯罩顶端被烟熏得乌黑乌黑的。坐在高高的木头凳上，油亮发黑的木头柜台仿佛是一副神秘的棺材，对，像极了老太爷东厢房里的那副黑黝黝的棺材，不由自主让我内心生出一种对死亡的恐惧感。尤其是对一个八九岁的孩子来说，当每天父亲都逼着我在这个高大的柜台上写作业的时候，这种恐惧感日益加深且无法言说。

这种恐惧感，伴随了我许久，直到若干年后那个门市部被拆得荡然无存，我路过那儿时才长舒了一口气。

门市部没了，父亲也丢了工作下岗了。对于“下岗”，我没有太多的关注，每天还是该吃吃、该喝喝，该变着花样躲着父亲伸过来要拎我耳朵的手还是要躲着。

但是没多久，我的喜悦便被父亲日渐烦躁的情绪冲没了。

父亲的烦躁归烦躁，那一年我上了高一，父亲再也没有拎过我的耳朵，这种良好的习惯一直延续到现在。不过，当时我还是能感受到父亲的那种烦躁——烟抽得更凶了，每到吃饭端起酒杯时就唉声叹气的，要不就是盯着桌子上的玻璃煤油灯出神儿。

1992 年 9 月，高考后的哥哥极不情愿地按照父亲的意愿考取了财会专业。临行前，两个人在房间里嘀嘀咕咕的，我以为父亲要躲着我再给哥哥一些零花钱。事实上，前几天父亲给哥哥的零花钱已经被我软硬兼施地用掉了几块钱，包括为我买了一本《汪国真诗选》。透过门缝，我看见父亲郑重其事地打开一个牛皮纸包，将一把看上去很熟悉的算盘递给了哥哥。我觉得很无趣，无趣得我很快走开了——去上学带什么算盘啊，带点零花钱才是真！

那段时间，我感觉到父亲的身上笼罩着一种窒息感，就像那被玻璃罩套住的煤油灯——灯芯上的火总是一跳一跳的，仿佛要挣脱什么一般。不过，父亲终究没有挣脱，或者说是哥哥去上学的消息，让他在一群同期下岗的叔叔伯伯中有了点面子。

面子是不能当钱用的。一个上高中、一个上中专的两孩子，让父亲不再在乎面子。他先是和母亲承包了商业公司的糖烟酒第五门市部，在勉勉强强供我读完高中后，父亲还是觉得家用开支捉襟见肘。

更“不幸”的是，那年高考，我竟然在千军万马中挤过了独木桥。万幸的是，哥哥两年中专学完出来工作了。面对我的学费和要给哥哥攒成家的费用，父亲已经完全忘记他曾经是商业公司的经理——数百号人的领头羊。当然，第五门市部的招牌也已经被拆得荡然无存。父亲继续扩大着经营，陆陆续续增加了水果、日杂等经营项目，就连那盏玻璃煤油灯也被锱铢必较的父亲毫不犹豫地丢弃了，门市部厅堂里高悬着七八盏雪亮雪亮的日光灯……

父亲是在我成家的时候退休的。

所谓退休，不过是领回一张可以到邮储银行每月拿退休工资的银行卡。第五门市部也被彻底拆光了，变成了集镇上最为繁华的商业地段。

然而，父亲的店还在开着。门厅换成了一个逼仄的小门面房，坐落在商业公司原来的第三门市部、第五门市部的对面。

玻璃柜台上，一把黝黑的算盘，珠子被磨得锃亮。

尘世间的水

去甘港，一定是要去看看水的。

甘港的水，没有那种波澜壮阔的浩渺。更多时候，她只是一条静静流淌的田间小河，或者是一汪浅浅的池塘。

晨曦之中，水面的雾霭从田野上飘然而来，河风悠悠。

夹着泥土腥气的风伫立于舒畅的水波之上。河岸是那种灰土色，密密匝匝的是豆荚饱满的油菜。根部，有细腻的泥沙一直蜿蜒至平缓的水边。水波不兴，清澈见底，一粒粒青螺油油地在水底招摇。离岸尺许，水草摇曳着婀娜的身姿，一如婉约的女子款款而来，伸手之处，触之不及，不由令人顿生“可远观而不可亵玩焉”的感慨。

日间，阳光毫不吝啬地洒遍整个水面，波光粼粼，散发着碎金般的光芒。忽然，有调皮的鱼儿从水面快速穿过，劈开一道浅浅的波痕，惹得整个河面都荡漾起来，仿若一位小家碧玉的闺女，捂着嘴，脸颊绯红，笑得花枝乱颤。这个时候，所有的幸福只属于那些在水下的生灵，就连晨雾里“噼里啪啦”咬子的鲤鱼，都捺着性子安静了下来。

躲避渐渐升起的日温，有忙碌的农人从田间归来，摇着橹，划着桨，一叶扁舟缓缓而行，“欸乃”之声从清莹的水间飘出来，飘过远处村庄上空的炊烟。

村庄里，已经开始喧闹起来，有停停顿顿、四处觅食的芦花母鸡，有偶尔抬起头瞟一眼匆匆行人然后又微闭双眼小憩的大黄狗，还有那些已经迫不及待想要来一阵清凉的鹅啊、鸭啊，一窝蜂拥挤出来，争先恐后地向河面扑腾而去。纷纷溅起的白色水花，让河面如同沸腾的锅。原本疲惫的农人站在河岸上，拂去额头残留的汗水，笑望着，神情间流露出丰收的喜悦。

在那些小河的不远处，傍依着一汪一汪池塘，像一颗颗明净的眸。池塘的四周，被密密的蒲花簇拥着，有几只嗡嗡的蜜蜂飞来飞去，这个时候，最繁忙的该是勤劳的它们了。

一块长方形的石板，半截伸入水面。淘洗的米浆引来四处乱窜的虎头鲨、昂刺鱼，傻傻地仰着头吮吸着，甚至撩拨着水面也不能惊走它们。弓着腰的河虾，张弛不息，透明的头部清晰可见黑珍珠般的眼睛。不远处的芦苇根部，一只红红的龙虾懒洋洋地半卧着，偶尔，有无名的水虫毫无顾忌地从它眼前走过。

池塘里，四角菱的叶子悄悄探出脑袋，露出鹅黄的嫩色，以新奇的眼光打量着这一切。菱叶的缝隙间，一株荷伸展着腰姿，出水很高，细长的茎秆不染丝毫的烟火气。顶端，厚实的叶正悠然地打开。偶尔，有鱼游过，碰撞到水底下的根须，颤动从水底升起，让荷叶轻摆着绿意，与河面下的水连成一色。

暮霭笼罩着整个村庄的时候，水面会升起腾腾的雾，一团一团的，在水面上影影绰绰，像梦，像仙境，像一场天上人间的爱情传说，唯美而又不忍直看。在这样的境遇里，白天浓郁的稻香被嵌入了汩汩的流水里。风掠过那些水，吹皱了村庄的眉。忽而，那风有丝丝的甜意，是提炼了汩汩而行的水中的精华，滋润得两岸稻香连天、姹紫嫣红。

此刻的甘港，如同一位安详的长者，冷暖、炎凉、起伏，都似乎已经与她无关，所有的沧桑都掩藏在那深邃的夜色里，她敞开着无际的胸襟，用如水一般的大气，包容着世间的万物尘埃。

提高现代文阅读和写作成绩的金钥匙

林四海作品
阅读试题详析详解

屋檐上的雨

①梅雨季节来临的时候，我正站在老家的屋檐下，看着漫天的绵绵细雨在修葺一新的屋顶上由雨幕变成水滴，然后再在瓦缝上汇聚成细流，顺着瓦槽“滴答滴答”地淌下来。A在这个雾霭沉沉的季节里，原本一望无垠、极目天阔的长江中下游平原，也被四处弥漫的烟雨浸染得像一幅水墨画，天地一线间都是朦胧的青黛色。

②六月初，父亲执意要将已经废弃的老屋屋顶重新翻盖一下。我知道，并不是因为没有地方住，老屋已经废弃多年不住人了。父亲要修老屋，是出自内心深处对老屋的感情，在父亲的心里，老屋如同他疼爱的子女一样，让他在村子中感到无比骄傲。

③老屋建于二十世纪七十年代末，一例的青砖青瓦，屋顶的两侧还架着翘角的飞檐。制作砖瓦的黏土，是父亲从西乡摇着小船买回来的，然后用模具制成一块块、一片片的，花费两个多月的时间在村里老窑的场地上慢慢制陶，再经过数十天的风干，又亲自掌火在老窑上烧了七七四十九天。除了一垛小山一样的麦堆被烧得精光，其间还有数十次从大河里人工担水浇水冷却。父亲将近一年左右的时间都泡在村里的老窑上，最终烧得了一窑上好质量的青砖青瓦。从窑厂回来后，作为知青下放的父亲整整休息了三个月才回过神来。奶奶说，作为长房的父亲从来没有吃过这样的苦头。按照后来母亲告诉我的，父亲之所以下定决心要建造房子，是因为每天看着母亲带着我们哥俩蜷缩在大队知青点的草屋中就觉得很心酸。

④光有砖头和瓦还是不行的，父亲终于到了乡上的一个部门上班。看着门前的青砖青瓦在风吹日晒中逐渐地泛起了青苔，他按捺不住了，要开始动工砌屋。砌屋过程的艰辛，没有参与其中的人是万万不能体会的。在盘点了家中所有的积蓄之后，除去能勉强支付工匠的工钱之外，已经所剩无几。在请到村里最好的瓦匠放好了地基之后，母亲每天烧煮三顿饭供应匠人，父亲则请假回来承担起了做小工的全部力气活。除了要将准备好的泥灰一担一担地送到脚手架上，父亲还要将所有的青砖全部用水浸泡一遍才可以交到瓦匠的手上抹灰。吸足了水分的青砖不仅变得格外沉重，也特别磨手，半天下来父亲的十个指头几乎全部溃烂。后来母亲用破旧的衣服改制了几双厚手套，才稍微好了一些。

⑤上梁的那一天，天也是下着雨的。父亲说上梁下雨是最吉祥的。“雨”与“余”谐音，意味着年年有余。依旧记得在屋

前泥泞的场地上，刚学会走路的我怀抱着一片青瓦，跟在满头大汗的父亲后面摇摇摆摆，将瓦运送给蹲在屋檐边的工匠，请他覆盖在屋顶上。由于身穿破旧的上衣，竟然将肚皮上的皮都蹭掉了。房子竣工那一天，父亲没有请客，而是将请客的钱省下来买了几挂鞭炮，在还没有装门窗的屋前炸了许久。在那四溅的鞭炮纸屑和腾腾升起的烟雾中，外面依旧是淅沥的小雨，父亲一下子就放声大哭起来，泪水和着雨水从父亲黑瘦的脸颊上淌下来。年幼的我听不出来那是悲伤还是喜悦的哭泣。不过，我知道，我家新建的房子成了村里最亮丽的风景，矗立在村西头：一色的青砖青瓦、屋梁两头高翘的飞檐似乎就是父亲那不屈的性格。

⑥一年四季的雨下个不停，在屋檐淌下的雨水中，一拨又一拨的雏燕在孵化了之后一只一只地飞了出去。B哥哥和我在这样的屋檐下，就像日渐长大的燕子一般，如今只剩下日渐苍老的父亲和母亲，还有那渐渐失去了亮丽色彩的老屋。再后来，在老屋的旁边翻建了一座更加亮堂的房子，老屋就彻底失去了居住的价值，在风吹雨淋中，变得跟父亲的面容一样沧桑。但是，父亲舍不得拆除老屋，“这老屋好啊，你们哥俩一个一个地读书了、参加工作了、成家了、养儿育女了，不都是从这老屋里出去的？”退休了的父亲每天起床后的第一件事情，就是打开老屋的门窗，让清凉的风充盈着屋内的每一个角落；晚上临睡前，也都会再三检查老屋的门窗是否关锁好了。

⑦这一次老屋翻修屋顶是包工包料的，年迈的父亲没有花费一点力气，不过，他一直全神贯注地盯在现场，不停地叮嘱着工匠：“小心一点，这瓦现在可找不到了，不能弄破损了，不然没得换。”“你们看看，这砖头三十多年了还没有风化，你们看

看，这瓦上面的纹路清晰可见。现在哪有这质量的啊！”工匠取笑他：“现在都是琉璃瓦了，谁家还用土瓦？”父亲总会说上一句：“你们不懂的，你们不懂的！”

⑧雨，依然淅淅沥沥地在屋檐上汇聚成流，然后慢慢地淌下来，形成一道道白色的线，一如当年老屋落成之日的雨。其实，我懂，因为那砖、那瓦，都是父亲一块一块、一片一片拾掇起来的，那里面不仅仅浸润了他的汗水，还有他在苦难日子里对生活的全部希望！

1. 第④自然段中“砌屋过程的艰辛，没有参与其中的人是万万不能体会的”，砌屋的艰辛有哪些？请用简洁的语言概括。

2. 请从修辞的角度，在上文 A、B 两句中任选一句进行赏析。

3. “在那四溅的鞭炮纸屑和腾腾升起的烟雾中，外面依旧是淅沥的小雨，父亲一下子就放声大哭起来，泪水和着雨水从父亲黑瘦的脸颊上淌下来。”这句话中的“泪水”包含着怎样的情感？

4. 结合文章内容，说说“父亲”是一个怎样的人。

5. 文章开头和结尾都生动形象地描写了屋檐下的雨，这样写有何作用？

参考答案：

1.（1）积蓄所剩无几却仍然每天烧煮三顿饭供应匠人；（2）父亲承担起做小工的全部力气活。

2. A 处，比喻，把弥漫在烟雨中的长江中下游平原比作一幅水墨画，生动形象地描写了雨中家乡的美，表达作者回到老家后的喜悦心情。

B处，比喻，把成年后的我和哥哥比作飞走的燕子，只留下父母和老屋，表达作者对父母的思念、愧疚之情。

3. 泪水包含的感情复杂，是终于建成新房的喜悦之泪；是建房过程中受尽辛劳的心酸之泪；是对多年来未能让妻儿享受安宁幸福的悲伤、愧疚之泪；是苦尽甘来的欣慰之泪；是底层劳动者努力奋斗实现梦想的幸福之泪……

4. 父亲是一个勤劳淳朴、肯吃苦、不屈服于命运、信念坚定的人。（需结合文中具体事例阐述）

5. 形成前后呼应，点明文题。开头描写是为了引出下文重新翻盖老屋的回忆；结尾描写总结全文，点明主旨，表达作者对父亲的赞美和感恩之情，以及对老屋的依恋。

母亲的棉花

①回到老家的时候，家里的门紧锁着，我扯着喉咙左一声“妈”右一声“妈”都没人应答。心下纳闷：人会到哪儿去了呢？母亲应该知道我今天回来的。目光掠过屋前柴帘上晾晒着的棉花，我突然想起来：母亲应该在她那一亩三分的棉花地里。我放下行李找到田里，果不其然，母亲正佝偻着腰在地里拾棉花，腰间围着个蓝花的布兜，已经显得很是鼓鼓囊囊的，每移动一步都似乎很吃力。两只手熟练地抓着一朵朵开得正盛的棉花，随手塞进布兜里。田里的棉花开得红白相间，朵朵开到极致的棉花像万顷碧波中的点点云彩。母亲脸上绽开的笑容如同九月灿烂的阳

光，耳鬓的白发在风中凌乱地摇曳着，看得我有点心酸。

②“妈，我回来了，找你半天了，原来你在地里捡拾棉花呀！”“哎哟，我都忘了你今天回来了，早上看太阳挺好的，就惦记着这棉花好多天不捡拾了，今天捡拾一下，过几天再扫个尾，就差不多了。走，不拾了，回家去弄饭。”“好像也不多了，中饭不着急，我帮你把这几行的棉花拾好了再回去弄饭也不迟。”“那行，你回去弄饭，我再拾一会儿，棉花荚戳手，你就不要弄了。”“没事儿，我小时候也帮你拾过棉花的啊！”母亲听到我的话，憨厚地笑起来：“就这么点儿棉花，拾好了到晒场上晒一晒，霜降以后我送给人家轧成皮棉，今年孙子能铺上一床新鲜的棉花被了。”“现在都是太空棉、蚕丝被，谁还在乎这个棉花被。”“你这孩子，棉花被多好啊，你哥俩不就是这棉花伴随着长大的？”

③我五指并拢，轻轻从花荚上拉出一朵棉花，不经意间，绽放的花荚微微刺痛着我的指尖，而母亲的话瞬间让我的思绪飞得很远很远。小时候，最盼望的就是棉花收场的季节。家里责任田本来面积就不大，但是母亲每年却总要在不大的地块里种上一茬棉花。收获的棉花母亲从来舍不得拿去卖掉，霜降左右母亲将棉花轧去棉籽后，就开始忙碌起来。先是将家里的旧衣服拆开，一块一块地用自制的糨糊刷在门板上吹干，然后量过我和哥哥的小脚，将吹干的布料重合起来一针一线纳着千层鞋底，鞋面是母亲用棉籽油换来的黑色灯芯绒布，里面绗着薄薄的棉花，一双典雅大方的布棉鞋就做好了。新棉鞋照例是在大年初一的早上才舍得换上的，走家串户给亲戚拜年的时候，我的眼睛都是盯着自己的新棉鞋，惹得村里的女人忍不住“啧啧”声一片：这棉鞋的样

子就是好看！因而每年村里的大小媳妇都喜欢来找母亲要纳鞋的纸板底样。

④不只给我们做棉鞋，新年的棉袄、棉裤都是等待这秋收上场的棉花做成的，每年母亲收获的棉花刚好够全家人做棉鞋、棉衣。在那个物资匮乏的年代，这成了我记忆中唯一值得骄傲和自豪的物质享受。多少年如一日，母亲始终侍弄着那一亩三分地的棉花。在我结婚的时候，卧室里堆放得最多的就是一条条大红的新棉被，那是母亲积攒了几年的棉花新弹成的；在孙儿出生后，正值寒冷的冬季，母亲戴着老花眼镜赶做着孙儿的棉鞋、棉衣，我劝她不要做了，可以到商场买现成的婴儿用品，可是母亲一句话就打发了我："买的哪有我手工做的好？这新上场的棉花对孩子皮肤一点儿刺激都没有。"孙儿大了，母亲每年都用新收的棉花给孩子弹上一床新棉被，我不知道棉被与太空棉被、蚕丝被有什么区别，只是发现儿子每夜拥抱着奶奶给他的新棉被，睡得很香很香。其实不只是儿子，还有我！

⑤徜徉在母亲的一亩三分棉花地里，闻着青涩的棉花香，秋日的阳光依然非常刺目。在这明媚的阳光里，我小心翼翼地将花荚上残余的一丝丝棉花都捡拾干净，我知道，我捡拾的不仅是棉花，还有母亲对棉花的那份呵护，还有我对这乡村无限的眷念！

1. 文中记叙了母亲的几件事？请用简洁的语言概括。

2. 第③段中写村里的大小媳妇找母亲要纳鞋的纸板底样有什么作用？

3. 赏析第①段中的画线句。

4. 请简要说说第⑤段在全文中的作用。

参考答案:

1.（1）“我”回老家时母亲正在拾棉花；（2）母亲给“我们”做棉鞋；（3）母亲给“我”做结婚用的新棉被；（4）母亲给孙儿做新棉衣新棉鞋。

2. 侧面描写，通过村里大小媳妇的行为侧面衬托出母亲的心灵手巧，表达作者对母亲的赞美和自豪之情。

3. 比喻，把母亲的笑容比作九月灿烂的阳光，表现母亲捡拾棉花的喜悦，表达作者对母亲年华老去的淡淡伤感。

4. 总结前文，照应开头，点明中心，表达作者对劳动及劳动果实的尊重，以及对母亲的赞美和对故乡的眷念。

风吹麦浪（节选）

①麦子熟了。

②二叔是村里公认的种田好手。接下来的这段时间，二叔又该开始忙碌起来，他必须赶在长江中下游梅雨季节来临之前，将守候了满满大半年的收获从田里安全地挪移到仓里。割麦、收麦、打麦、晒麦，每年的这个时节，都要机械地重复这样的程序，重复得就像他额头上日渐增多的一道道皱纹。坐在田陌上看着眼前一大片金黄色麦子的二叔，微眯着眼睛，惬意地点燃一支皱巴巴的纸烟，说道：“家有余粮，心里不慌。”

③他原本并不会种田。小儿麻痹症让他的左手指越来越像鸡爪一样蜷缩起来，但并没有影响到他的智商发展。那一年，作为班上最优秀的学生代表，他积极响应号召，背着一捆洗漱用品就来到了盐碱化泛白的海边。到了农村不久，他凭着自己初中水平仅有的那点物理知识，竟然很快就成了全村唯一一辆拖拉机的驾驶员。

④不过，耿直脾气的二叔并没有能够一直将大队的那台拖拉机开下去。大队书记的小舅子看上了这块肥差，不知道从哪儿摸索会了驾驶技术，再加上二叔的一双小儿麻痹后遗症的手毕竟有时力不从心。爱钻研的二叔侍弄起田来竟一点也不比庄稼老把式差。两年三熟，二叔田里的麦子如同二叔渴望知青下放回城的思绪一般疯长着，家神柜的三个格挡里总是满满的金黄色麦子，一年又一年。

⑤可他并没有安心侍弄那几亩地，弯曲着鸡爪一般的左手，捣鼓捣鼓，竟无师自通学会了电工。有一回，村里那台拖拉机机头线圈因为长时间高速运转烧坏了，到城里去修要一个多星期。麦收时节“拖拉机一响、白花花的银两”，大队书记的小舅子束手无策，只能干着急。天蒙蒙亮，二叔挎着电工包叼着一根纸烟，掀开了盖在拖拉机头上的草帘子，手脚麻利地拆开了机头，从清晨捣鼓到半夜，满天的繁星眨着眼睛陪伴着二叔。终于，熟悉的拖拉机轰鸣声再次在村子的上空“轰隆隆”响起来，响得惊醒了全村已经熟睡的麦农们。书记的小舅子腆笑着递给二叔一根烟，赶忙要给二叔家发热的麦子先脱粒，二叔却抱起了村西首王大爷老两口的麦秸塞进了脱粒机。王大爷王大娘老泪纵横，好几年了，二叔在开拖拉机的时候就从没抽过他们一根烟，反而他们

家麦子总是村子里第一个脱粒的。

⑥不过，二叔的电工手艺最终没有得到完全施展。乡上农电站接到群众举报说二叔没有电工操作证、私拉乱接。来了十几个人客客气气地调查、做笔录、摁手印，然后对二叔说："情节不严重，但坚决不允许再为他人干电工活了。"

⑦布谷鸟掠过麦田的上空向远处飞去，"麦干草干"的叫声盘旋在二叔麦田的每个角落里，一阵风吹过来，吹得原本低垂着头的麦穗一个个不由自主地摇动起来，就像在应和着布谷鸟清脆的叫声。麦秸根深处，偶尔还有几朵紫色的不知名的花儿衬托着，在一片金黄色的麦浪中特别显眼。二叔撸起一根麦穗，再用双手轻轻搓揉之后，摊开有些皲裂的手掌，噘起干裂的嘴唇吹去细碎的麦皮。饱满的青黄色麦粒如初生婴儿般柔嫩，二叔捻起一颗麦粒丢入嘴中，慢慢地用牙齿嗑开，磨动了几下咽了下去，乳白色的麦汁在二叔的嘴角泛起了沫花，二叔咂巴咂巴了几下："嗯，灌浆灌足了，今年这收成比去年还要好哪！"他将剩余的一小把麦粒揣进了裤袋里，"还够那几只鸡啄几下的。"

⑧田间的阡陌延伸向更远处，坐在反扣着的大锹柄上的二叔又摸索出一根烟，美美地点燃："收了这一熟，不长麦子了，挣不了几个钱，也做不动了，长点儿省心的东西。"二叔夹着香烟的鸡爪般的左手指着远处葱葱郁郁的一片苗木林，"没精力折腾了，要不然，我这七八亩地全部长苗木的话，就能发大财了。"

⑨风吹过，麦浪依旧滚滚。二叔看着远方的麦田，神情有点迷茫，香烟还在他的指间安静地燃烧着。曾经城市的记忆，包括那段得意的知青岁月，在二叔的脑海中越走越远，远得他只记得亲手侍弄了数十年的这片麦田。也许终有一天眼前的这片麦田

也会成为碳化的历史，二叔又将归依何处呢？！

1．结合文章内容，请用简洁的语言概括二叔的形象。

2．请从语言运用或情感表达的角度赏析第⑦段中的画线句。

3．依据文章第⑤段画线句，展开合理想象，将王大爷王大娘的心理描写出来。

4．文章题为“风吹麦浪”有何作用？

参考答案：

1．聪明爱钻研，勤劳能干，善良淳朴，富有同情心。（结合文章内容举例）

2．比喻，动作描写，“捻起、嗑开、磨动、咂巴”一系列动词准确生动地描写了二叔察看麦粒长势的情形，表达了他丰收在望的喜悦之情。

3．略。（能写出对二叔的感激、赞扬和歉疚之情，语句流畅即可。）

4．是贯穿全文的线索；关联主要情节，推动情节的发展；揭露情感主旨：麦浪滚滚，曾经的美好和辉煌终将远去。

春天里

①上班的途中要经过一个建筑工地。每次路过那儿，在毛竹竿搭起的脚手架上，总看见一个瘦瘦的小伙子，穿着已经褪色的校服，一边抹着水泥浆、砌着砖头，一边用嘶哑的声音吼着那首《春天里》：“如果有一天，我老无所依，请把我埋在，在这春

天里！”翻来覆去，就唱着这几句话，颇有几分旭日阳刚的味道。

②一次去找工地的项目负责人办事，出来时又听见小伙子在脚手架上唱着：“也许有一天，我悄然离去，请把我留在，在那时光里……”我抬头向他看去，灿烂的阳光很刺眼，褪色的校服上沾满了泥水，稚嫩的脸上透出一种不协调的沧桑。他旁若无人地唱着，我大声对他说：“唱得不错啊！”小伙子看到有人注意他了，腼腆地笑起来，两颗虎牙白白的。“忙不？下来聊聊？”也许是我的友善，也许是年龄相仿，小伙子抹完手里的一块砖，抱着毛竹竿“滋溜”滑下来，站在我面前，皲裂的手拍打着外套，一阵灰尘腾起来。

③“哪儿人？”我掏出一根烟给他点着。他美美地深吸了一口，滑稽地吐着烟圈：“老家湖北的，来东台三年了！”也许是抽烟的缘故，他完全没有了戒备心理：“我认识你，你每天都骑个车子从这儿路过，我一天能看见你两次。”“是吗？”我笑起来，“你在上面砌墙，还会注意到我？”

④“从早到晚，我的工作地点就在脚手架上，有的时候也挺无聊的，就一边干活，一边看着来来往往的人，看到你的次数多了，就记得你了。”他很快就抽掉了一根烟，盯住我手上的香烟看，我把还剩的大半包烟递给他：“拿去抽吧，只要不嫌差。”“那就谢谢啦！二十块钱的南京对我来说很高级了，我正常抽四块五的。”他接过香烟，拿出一根放在鼻子底下轻轻地嗅着，把剩余的小心地放到了内衣口袋里。“有二十岁了吧？”我问他。“过年就二十岁了，别看我年龄小，我做大工已经两年多了，一开始来做小工，工资低一些，后来有个师傅愿意教我，我就学了瓦工活。你看，那一面墙都是我砌的。不过，大工也苦，

一天要抹千把个砖头呢！”

⑤通过断断续续的交谈，我了解到三年前小伙子初中毕业后，因为姐姐嫁在东台，就从老家湖北来东台谋生。但是，由于年龄小，工厂不愿意接受他，他就到建筑工地上做小工，家里还有个上初中的妹妹。“三年没回去了，今年想回家看看！”说到家，小伙子迷茫的眼睛顿时闪亮起来。“现在做瓦工月收入也能有两千多元了，老板还包吃包住，这三年家里的条件也渐渐好起来了，每月总能寄个千儿八百的回家。听说苏南瓦工的工资还要高一些，我准备回家一趟后，再到苏南去看看。”小伙子说着说着笑起来，“再做个三四年，攒点儿钱，就回家建房子、娶媳妇，呵呵！”他眯着眼看着太阳，说：“已经打春了，日子总会渐渐好起来的！”他没头没脑地冒出一句。我的心怦然一颤：是啊，日子总会好起来的！尽管生活在社会的底层，但是他身上那股闯劲、那份憧憬还是深深地感染了我，在这个阳光灿烂的春天里。

⑥时近中午，我不想耽误他干活儿，起身和他说再见。他像个猴子一样，抱着竹竿三窜两窜地就到了脚手架上。阳光依然灿烂明媚，骑车走的时候，身后又响起了那嘶哑熟悉的歌声：“如果有一天，我老无所依，请把我埋在，在这春天里……”

1. 结合文章内容，用简洁的语言概括文中小伙子的形象。

2. 文章开头和结尾都引用了《春天里》的歌词，有什么作用?

3. 结合语境，品析文中画线句子里加点词语的表达效果。

（1）“三年没回去了，今年想回家看看！”说到家，小伙子迷茫的眼睛顿时闪亮起来。

（2）“已经打春了，日子总会渐渐好起来的！”他没头没脑地冒出一句。

4. 第②段画线句子运用了什么人物描写方法？有什么作用？

5. 文章以“春天里”为标题有何含义？

参考答案：

1. 腼腆单纯、吃苦耐劳、勇敢（有闯劲）乐观、有责任心。（举例略）

2. 开头引用歌词交代小伙子的身份，引出下文“我”和他的交流；结尾引用歌词总结全文，点明中心，表现出小伙子的单纯、乐观的性格，表达作者对小伙子的欣赏之情。

3.（1）神态描写，细致传神地描写小伙子对家的思念、渴望回家的迫切心情和美好希望。

（2）“打春”表面指“立春”这一节气，点明季节（时间）；实质指小伙子全家人逐渐走出了困境，正在走向生活的春天。

4. 神态描写和外貌描写。传神地刻画出小伙子腼腆羞涩的性格，表达了作者对他的喜爱之情，为下文“我”邀请小伙子聊天埋下伏笔。

5. 引用歌名“春天里”吸引读者的阅读兴趣，既点明了故事发生的季节和环境，又暗示了小伙子通过自己的努力，逐渐改变了困顿的家境，正走在人生的春天里。

老　屋

①老屋其实不老，才建了三十年，比我还小七岁。

②老屋是父亲在有了我之后的第二件人生大作品。我其实是在生产队知青工棚中出生的。在陪同父亲下放的知青一个个回城走了以后，因为家里兄弟姊妹多，父亲就一直寄住在知青工棚中。父亲和母亲结婚的时候，父亲在生产队做会计，生产队长看着知青工棚也没有人再住了，就慷慨地送给父亲做了新房。工棚条件简陋，四面是用方方的土块夯的墙基，然后再用泥巴在编好的苇席上糊一层，立在泥墙四面，上面盖的是茅草。据母亲说，工棚里是夏热冬冷，加之是土墙结构，蛇虫百脚时常出没。生我的第三天，母亲在床头还用锄头打死了一条菜花蟒，有两米长，母亲抱着我坐在床头一夜未眠。

③ 1980 年春天，一纸调令将父亲调到了大队的土窑做负责人。母亲就寻思着对父亲说："公家有窑厂，买点黏土回来自己烧砖烧瓦，补贴点钱给窑厂，建个房子吧。这工棚住在里面怪瘆人的，跟你结婚七八年，我能跟你过，可总得让孩子们睡个安稳觉吧。"据说当时听了母亲的话，木讷的父亲坐在用砖块搭起的木板桌上抽了半天的纸卷烟，最后撂下一句话："好吧。"父亲虽然话不多，可是人缘挺好，听说自己要烧砖瓦，生产队长说："窑厂的补贴就不要了，你自己放船到西乡里去买黏土，贴个柴油钱，另外自己准备烧窑的草料，制砖的工人工资你自己出，或者从你的工分里扣，烧窑你自己烧。"就这样经过一个多月的烧制，父亲烧好了一窑的青砖青瓦。

④房子是秋天动工的，帮助盖房的匠人是二叔的老丈人。一天三顿主食，在那个年头基本就是玉米糁子饭。偶尔抓把米放在中间刚巧够一碗米饭，那是给带队的师傅吃的。可就这难见的米饭，帮助建房的师傅还总是偷偷地拨拉大半碗给饿得嗷嗷的

我。吃过米饭的我在大人们的忙碌之余也不肯闲着，母亲后来告诉我，盖瓦的那天，我一口气搬了四片大瓦，把肚皮上的皮都磨掉了。

⑤一色青砖青瓦的房子终于盖起来了，在那个年代很是惹眼。在这座房子中，我读完小学、初中、高中、大学。到我结婚的时候，迷信的母亲执意要我在老屋中结婚，说这房子建起来这么多年，全家一直很太平，全是托老屋的风水好。

⑥后来由于工作几经变动，我搬离了老屋到了城里。几次想将老宅基地处理掉，年迈的父亲母亲却舍不得那块地儿，有一次已经和人家谈好，就差签协议，母亲想来想去还是舍不得，只得作罢。前年，母亲将老屋内部装修了一通，铺上了地面砖，刷了涂料，吊了顶，另辟了浴间、卫生间，外墙和屋顶依然是青砖青瓦，在如今的农村已经不多见，在一排排的楼房、别墅中间，一如三十年前才建的时候那般惹眼。

⑦元旦回家，越发见得老屋的苍老出来，但屋里屋外依然是那样的清爽干净。母亲张罗着铺床，说："棉花胎我都晒了好几次了，干松松的，就等你们回来，你看家里多清爽啊！"晚上，我执意要睡在父亲的脚头。

⑧闻着淡淡涩涩的棉花清香，听着父亲微微的孩童般的鼾声，听着有风儿从屋顶掠过，躺在老屋里，我的内心充满了归属感，一种别样的情绪弥漫了整个屋子，我知道，这一种心绪应该就叫作幸福！

1. 全文围绕"老屋"，叙述了哪些内容？阅读全文，根据文意填空。

一家人住知青工棚——（　　）——父亲建新房（即“老屋”）——（　　）——“我”再回老屋

2．第②段写母亲生“我”的第三天曾打死一条菜花蟒，其用意是什么？请联系全文简要分析。

3．第⑤段主要描写的对象是母亲，运用了什么描写手法？有何表达效果？

4．细细品读第⑦段画线句，体会“我”的心情，写出“我”的心理活动。

晚上，我执意要睡在父亲的脚头。

5．文章为何以“老屋”为题？请谈谈你的理解。

参考答案：

1．住知青工棚——（父亲自制砖瓦）——父亲建新房（即“老屋”）——（“我”搬离老屋，母亲装修老屋）——“我”再回老屋。

2．通过回忆辛酸的往事，反映当时生活的困窘，为下文父亲下决心建造新房作铺垫，和后文住进新房后的生活作对比，赞美了新时代的幸福生活。

3．正面描写和侧面描写相结合。正面描写母亲善于拾掇、打理田头家里，侧面描写邻居对母亲的夸赞，突出了母亲的勤劳能干。

4．略。（能表现“我”对自己远离父母、未能尽孝的愧疚，对父母和老屋的感恩即可。）

5．是贯穿全文的线索；是本文描写的对象；暗示主旨：老屋见证了家庭生活的变化和父母的人生奋斗历程，记录了作者的童年，寄托着作者对父母、对故乡的特殊情感。

荠 菜

①岳母从乡下托人带来了一袋荠菜，一直放在厨房角落里没有理会。前天在翻家里的蔬菜存货时，才发现还有一袋荠菜。因为存放时间长了，叶子都蔫了，妻子说恐怕不能吃了，要拿出去扔了。我说，用点清水泡一下，荠菜就是这特性，一泡水，就涨开了。其实不想扔掉的原因远不止于此，我知道，这一袋荠菜，是岳母忍着腰椎间盘突出的疼痛，弯着腰在田地里一棵一棵铲起来的，我小时候就经常这样弯腰挑着荠菜。

②幼年最喜欢做的事情就是挑荠菜，因为挑荠菜就意味着全家要改善伙食打牙祭了。清晨睡得懒洋洋的时候，妈妈总会叫醒我和哥哥："去，挑荠菜去，晚上包饺子。"禁不住荠菜饺子的诱惑，我和哥哥一骨碌爬起来，挎个小篮子，拿上小锹，沿着田埂一路寻找过去。挑荠菜是一个技术活儿，很有些讲究：一锹铲得浅了，荠菜就容易散架，不好挑拣；铲得深了，附带的泥土多，不易弄干净。要用小锹挨着荠菜的根，薄薄地铲一下，然后用手拢住整棵荠菜，轻轻一拔，微微甩一下泥土，整个荠菜就完整地挑出来了。

③回到家以后，大人们将挑来的荠菜一棵一棵地用剪刀剪去根部和黄叶，再用清水洗几遍，洗去泥土，然后用一个大盆子将荠菜泡在里面。刚刚还蔫蔫的叶子，有了水之后，立即变得鲜艳起来，仿佛久旱的土地，一个劲儿地吸足了水。清洗好了的荠菜，可清炒，那是早晨吃粥最好的佐餐；也可以剁碎了包饺子，

白皮绿馅儿，像翡翠般晶莹剔透；还可以用开水焯过后晾干了，成为咸菜的替代品。作为野菜的特有品种，荠菜包的饺子是最佳的菜肴，将荠菜挤水或者焯水后，和上一点肉，搁一点虾米、蛋皮，做成饺馅儿。我记得幼年的时候，晚上全家坐在桌边，等妈妈在锅灶下饺子。水沸腾了，饺子下锅，烧开水后，揭开锅盖，一阵荠菜特有的清香顿时弥漫开来。这时候，最要紧的是深吸一口气，那阵荠菜的香浓味儿便钻进了五脏六腑，钻到了全身每一个毛孔，甚是惬意。饺子端上桌来，孩子们照例是狼吞虎咽。尽管烫得稀里哗啦，席间只听见喉咙吹风的声音，但转瞬间，一盘饺子风卷残云般被消灭干净。几轮吃下来，总会斜靠着椅子，摸摸肚皮：真香啊！偶尔还打个嗝儿，一股荠菜的味儿。那时候觉得荠菜饺子就是天下最鲜美的食物了。

④望着盆里已经吸满了水、涨得溢过了盆边沿的荠菜，我对儿子说："今晚，我们包荠菜饺子吃！"儿子雀跃起来，我知道，他的欢呼是因为可以间杂其中帮忙包饺子玩耍，却不知，我的心，被盆里的这些荠菜迁往了很远很远的时光！

1．文章围绕荠菜叙述了哪几件事？请用简洁的语言概括。

2．从语言运用的角度赏析第②段画线句的表达效果。

3．从修辞的角度赏析加点词的表达效果。

这时候，最要紧得是深吸一口气，那阵荠菜的香浓味儿便钻进了五脏六腑，钻到了全身每一个毛孔，甚是惬意。

4．结尾段叙述包荠菜饺子时儿子雀跃起来有何目的？联系全文谈谈你是如何理解的。

参考答案：

1.（1）岳母托人送荠菜；（2）挑荠菜；（3）洗荠菜；（4）包荠菜饺子。

2. 动作描写，“铲、拢、拔、甩”一系列动词生动地描写了挑荠菜的过程，表现了孩子们挑荠菜时的轻松愉快的心情。

3. 夸张，生动形象地描写了孩子们吃荠菜饺子前的急切心情，突出荠菜饺子的美味，为下文描写吃饺子作铺垫。

4. 与幼时的“我”吃荠菜饺子的不同态度与心情形成对比，表达作者对美好童年的回味和留恋，同时流露出作者对当代儿童不能体会当年“我”对荠菜的热爱和珍惜的淡淡忧伤。

千层底

①天气渐冷了，坐在办公室里日渐感到脚冷，便在家中翻箱倒柜地找棉皮鞋出来穿。不经意间，翻到了一双黑色灯芯绒面的棉布鞋，俗称“千层底”。我脱下皮鞋，双脚钻进了棉布鞋里，一阵惬意和快感从脚底和脚面传递上来，松软软的，暖洋洋的。走了几步，无名的感触油然而生：好多年不穿这样舒适的棉布鞋了。

②这双棉布鞋还是母亲十年前做手术之前为我赶做的，总共穿过三四次，后来就洗干净了一直束之高阁。母亲有一双很巧的手，尤其表现在缝纫和做手工上，特别是母亲手工做的布鞋，在整个村子里是有名的“样板”。那时候物质生活匮乏，每个季节更替，母亲能给我们哥俩变换的就是一双新鞋，这也是母亲唯

一能做的。农忙闲下来的时候，母亲就会将家里的一些破旧的衣服收拾整理干净，用剪刀剪去针线缝的硬边，裁成一块一块的布料，然后在一块门板上用自制的糨糊刷一层糨子覆一层布，刷好的布要放到阳光下暴晒几天。几天后，母亲将晒好的布小心翼翼地从门板上取下来，用大拇指和食指叉开量过我和哥哥的小脚后，便开始一层叠一层地剪鞋底样。然后变魔术般找出一块白洋布蒙在鞋底的双面，先用棉线大体绗上几行，待初步成型后，母亲就细细地修剪着，慢慢就出来了脚底板的样子。母亲做的鞋底分为两种：一种是鞋底四周那种没有修剪的毛茸茸的边，本地俚语又叫“毛底”；一种是在白洋布有剩余的情况下，将鞋边细细包上一圈，看上去一层一层的，“千层底”的叫法也就缘由于此。鞋底大样出来后，母亲便利用她所有的空闲时间开始纳鞋底，白天母亲将针别在鞋底上，绕上几道棉线，揣在口袋里，一有时间就拿出来做，针箍从不离手；晚上全家都洗刷完毕了，我睡得昏昏沉沉，一觉醒来看到母亲还在灯下纳着鞋底。母亲纳的鞋底密密麻麻，针脚横看竖看都是一行行的，很是耐实。鞋底纳好后便是做鞋面。母亲做的鞋面有三种讲究：一种是做客的时候穿出去的鞋面，在脚面上做成双排系鞋带的；一种是春秋季穿的，用松紧带做成鞋口，俗称“一脚蹬”；还有一种就是在家里穿的，直接是两瓣河蚌型鞋布面合在一起，也称为“荷包鞋”。从小到大，我都记不得穿坏了多少双母亲亲手做的布鞋！

③十年前，母亲要动一个手术，生来随性的母亲那一阵变得很是紧张，做事情也六神无主的，嘴里总是念叨：“这个手术一做，还不知道以后能不能帮你们做棉鞋了。”我回她说：“现在都穿皮鞋，布鞋也穿不出去，上不了台面，你还要做它干什

么？”母亲听完我的话很是黯然。大哥责怪了我一句：“还是布鞋好穿，吸脚汗还舒适，你喜欢做就做吧。”后来，在手术前，母亲就帮全家每人各做了一双棉布鞋。其实，我知道母亲的心思，母亲是怕那一次手术会让我们哥俩再也没有了念想，她所谓的想帮我们做布鞋，其实，就是想留个念想给我们啊！

④今天，我再次穿上这双母亲亲手做的棉布鞋，打了个电话回家问候母亲。母亲说：“天冷了，寒打脚上起，脚要注意保暖。”我告诉母亲我今天穿的棉布鞋上班，母亲爽朗的笑声从电话那头传了过来。我心安了，母亲的身体依然很好，我也从头到脚都感觉暖暖的。窗外冬日的阳光洒满了整个窗棂，一如我脚上的这双鞋，温暖如初！

1. 文中母亲有着怎样的性格特征？结合具体语句说说。

2. 结合语境，品味加点词句，分析其表达效果。

我回她说：“现在都穿皮鞋，布鞋也穿不出去，上不了台面，你还要做它干什么？”母亲听完我的话很是黯然。

3. 大哥为什么责怪“我”，说“还是布鞋好穿，吸脚汗还舒适，你喜欢做就做吧”？

4. 简要分析结尾段画线句的含义和作用。

5. 有人说，用“温暖的母爱”做标题比“千层底”更贴切，你认为哪一个更合适？为什么？

参考答案：

1. 爱家人：手术前帮全家每人做了一双棉布鞋；

心灵手巧：母亲手工做的布鞋，在整个村子里是有名的“样板”。

勤劳：白天利用空闲时间纳鞋底，晚上一觉醒来看到母亲还在灯下纳着鞋底。

2．神态描写，描写母亲听“我”说布鞋上不了台面后的反应，表现了她因为母爱无处安放的失落和伤感。

3．大哥体会到了母亲的心情，懂得“接受母爱”其实也是一种孝，责怪“我”不理解母亲的一腔爱心。

4．含义：冬日的阳光让人身体温暖，母亲的千层底包含了满满的爱，就像冬日的阳光一样，让“我”心中温暖如春。

作用：总结全文，画龙点睛，赞扬了母爱如阳光般温暖。

5．我认为“千层底”更合适。它是贯穿全文的线索，是本文描写的主要对象，暗示了主旨，是母爱的象征，体现了母亲的心灵手巧和勤劳，包含了母亲对家人深沉的爱。

梦里西溪

①那个轻雾缭绕的春天，我撑一叶小舟从晏溪河畔缓缓驶过，寺里传出的低沉佛音缓缓敲击着我的心房，有种穿越千年的恍惚，如同桑蚕般慢慢吞噬着我所有喜怒哀乐的情绪——刹那澄明。水墨印染的西溪，就这样在毫不设防之间，闯入了我的梦里。

②西溪，是那个清晨枕着一缕霜白的梦。无数次，在这样的梦境里沉醉不醒：高高低低的青黛色瓦楞飞檐从眼前掠过。远方天空，片片湛蓝，一簇群飞的雀儿汇聚成斑斑黑点，点缀在晨

曦的金色里，显得格外醒目。古朴斑驳的城墙，依旧是那样沉默，厚重的紫红色城门上的虎型铜扣威武庄严，守护着西溪千年不改的繁华。耳畔，响起古筝的悠扬，弥漫在西溪的一草一木之中。天，下起了小雨，迷蒙中的西溪，就像那身姿绰约的江南女子，从汉代一路踏歌而行、款款而来，甚至是浅浅的一个万福礼，端庄的脚步就细碎在淅淅沥沥的青石板路上、细碎在桐油飘香的梨木街上、细碎在沉寂无声的八字桥上。藏灰色的海春轩塔在一片一片飞洒的细雨中格外沧桑，怀古的情绪就像地上不停流淌的雨水在古镇的每个角落弥漫着。此刻的西溪静静不语，我伸手触摸寺庙、城墙、八字桥、石板路、桐油门上的每一个斑驳的记忆，内心仿佛填塞了无数的棉絮，又刹那间被抽空了一般，有种无法言说的悲怆。琴弦深深，每一次撩拨都会颤动心灵的最深处；流水依依，每一场相遇都是那样的刻骨铭心。偶尔，凝眸守望溪水南侧的海春轩塔，那飘飘衣袂，那清逸长发，那低眉蹙额，那一颦一笑，是梦里不尽的倾诉吗？

③西溪，是那个午间阳光盈盈不可触摸的梦。无数次，我在这样的梦境里徘徊：清清的河水淌过通圣桥边昼夜不息，青砖青瓦、紫薇绿柳，一伫立就是永恒的风景。八里海栈道湮没在商贾来来往往的穿梭里，广福禅寺悠扬的钟声衔接起西溪的昨天、今天和明天，串场河底绿茵茵的水草抚摸着欢快的鱼儿。收篙，靠岸，水边是一户寻常渔家。阳光里，圈养的鸡鸭鹅发出欢快的鸣声，咿呀学语的孩子蹒跚着脚步来回兜着，女人坐在摊撒在泥场上的渔网里飞梭如针，时不时抬头与在树荫下小憩的男人莞尔一笑。那笑容，刹那间拨动内心最深处的情愫：所谓爱情、所谓生活、所谓人间烟火，都抵不过眼前这幅画面。感叹那传唱悠久

的一曲荡气回肠的《天仙配》，也不过是一日三餐的粗茶淡饭，也不过是厮守相伴的平凡日子而已！这样的西溪，淡淡的，浅浅的。对岸，董永和七仙女依旧临风而立，聆听着经堂里的梵唱，尘世间的爱恨情仇，在别夫抛子的伤痛面前都只不过是一场过眼云烟。终于，爱过了、痛过了、放下了，菩提树、着袈裟、摩诃萨，燃青灯、伴古佛、观自在，千年繁华，百年沧桑，唯有缫丝井的清澈甘泉明镜如初，不改当年的誓言。

④西溪，是那个日暮黄昏不断追寻回家路的梦。无数次，在这样的梦境里脚步匆匆：橙黄色慢慢地浸染青砖、红瓦、黄墙，甚至给五颜六色的花儿、草儿、树木都涂上了一例的色彩。归巢的燕儿开始在窝前窃窃私语，打破了西溪傍晚的宁静。一下一下的鼓声从高大的牌楼上飘溢出来，那鼓声似乎与跳动的心脏同频共振。西方，火红的夕阳似乎还不肯就这样悄然离去，恋恋不舍这人间的万般繁华；溪水，已经呈现出深不可测的样子，仿佛要吞噬流经过它身上的所有污垢。风中的苇花，也被这橙黄色渐渐渲染，柔软地摇曳着婀娜的身姿，让一朵朵希望飞向远方的天空。灰白的炊烟开始在田野的四周升腾起来，日间还车水马龙的泰山大道，已经恢复了原始的平静。村庄里，开始响起了母亲呼唤晚归孩子的急切喊声，以及不远处孩子童稚的回答。到处，都可以闻到油菜花的香味；到处，都可以嗅到麦苗拔节的青涩；到处，都可以感受到家的气息。小舟在刹那间停滞不前，原来，西溪就是家，就是游子梦牵魂绕的追寻啊！

⑤猎猎的风，从串场河上吹过。彼岸，灯火通明，景泰花园赫然在目，又一处水上人家要落成了。回眸凝望身后的西溪，竹简般的古朴沧桑映衬眼前的繁花似锦，历史、现实与未来，在

飞檐廊画的海道桥边交相辉映。西溪，梦里西溪，宁愿就这样一直沉沉睡在你的怀里，勾画着城市与乡野每一个人的美梦！

1．全文以时间为顺序描绘了西溪哪几幅画面？请用简洁优美的语言概括。

2．第③段中叙述董永和七仙女有何用意？

3．第②段画线句极有韵味，请自选角度赏析其表达效果。

4．从人物描写方法的角度赏析语句。

女人坐在摊撒在泥场上的渔网里飞梭如针，时不时抬头与在树荫下小憩的男人莞尔一笑。

5．本文用“梦里西溪”为题有何妙处？

参考答案：

1．清晨雨雾中的古镇，午间平凡渔家的日常，黄昏夕阳下的晚归。（意思达到即可）

2．神话传说为西溪增添了神秘色彩，吸引读者的阅读兴趣，为后文描写平凡渔家温馨幸福的日常生活作铺垫，并形成对比。

3．比喻、拟人的修辞手法，把西溪比喻成美丽的江南女子，生动形象地描写了西溪的美丽，突出了西溪的历史悠久，表达作者的喜爱之情。

4．动作描写、神态描写，形象生动地描写了一对渔家夫妇温馨和谐的劳动场面，表现了西溪人安宁幸福的生活。

5．富有诗意，吸引读者的阅读兴趣；是文章的抒情线索；点明主旨，眼前的西溪像梦境一样美好，让人难以忘怀。

那一捧的温暖

①码字到深夜，仍然无睡意。妻子打了个哈欠一觉醒来，见我仍然坐在电脑前，就问：“还不睡？”我正思考着一段文字，无暇去搭理她，随手冲她摇了摇手：“你睡你的。”便不再言语。为那文中的一字一句，甚或一个细节，仔细推敲着，忘乎所以。

②耳际传来窸窸窣窣的声音，妻子似乎在起身，还要掩盖着一丝一毫的声响，怕干扰了我，可偏偏闹出了很大的动静来。一开始我不以为意，却因一个词语久思不出，进而越发烦躁起来：“你还让不让我写了？半夜三更闹腾个啥呢？”我一扭头，却看见妻子捧着一杯散发着热气的茶站在我的背后，有点惶恐的样子：“看你没睡，怕你冻着，就起来给你倒杯水的，不曾想，会干扰到你。”杯子里是我最喜欢喝的碧螺春，茶水翠绿欲滴、清澈透莹。在初秋的深夜，已经渐渐感到了丝丝的凉意，妻子的一番好意，却换来我的恶语相加，刹那，内心愧疚起来。

③已经记不得有多少次她为我倒茶了：早上起床，餐桌上总有一杯热气腾腾的茶水，驱赶走清晨的寒意；午觉醒来，床头柜上也会有一杯淡淡的清茶；吃完晚饭后，她照例会在电脑桌前为我泡上一杯茶让我静心写作。从来没有在意过这样一杯茶，人在习惯中学会了适应和遗忘。妻子知道我有胃寒的毛病，加上知道我喜欢喝茶，一日数次不厌其烦地为我洗茶杯、烧开水，只为让我能喝到滚烫的茶水。而我，从来都是在很随意地伸手从餐桌上、从床头柜上、从电脑桌前端起那杯茶，从来没有去想过是否

有一天，我会在固定的地方再也端不到这杯茶？

④接过妻子手中的茶杯，我双手紧紧地捧着，茶水透过薄薄的玻璃温暖着我的掌心，轻轻地喝上一口，一股暖流直沁心底，整个身子都温暖起来。这一捧的温暖，犹像当年初恋之时，为了让她吃上热热的烤山芋，我骑着车子走遍了城市的每一条巷子，买到了两个热乎乎的山芋捧在手心里递给她时的感觉。而这个感觉，已经淡薄了许久许久。两个人的爱，原来就像这每日的茶水，如果一旦习惯和适应，你总是不能感觉到那透彻掌心的温暖的！蓦然，想起了张爱玲那句很经典的话：于千万人之中，遇见你所要遇见的人。于千万年之中，时间无涯的荒野里，没有早一步，也没有晚一步，刚巧赶上了，那也没有别的话可说，唯有轻轻地问一声："哦，你也在这里吗？"

⑤妻子被我看得不好意思起来："喝茶喝呆了啊！"我递上浅了许多的茶杯："再续点开水吧，我还要喝。不写了，喝完这杯茶，我也睡觉了。"

1．第②段中的加点词矛盾吗？为什么？

2．你是如何理解第③段画线句的？请联系实际谈谈自己的感受。

3．作者文章并没有写完，为什么结尾却"喝完这杯茶，我也睡觉了"？

4．有人认为文章用"一杯碧螺春"为题目更合适，你同意吗？为什么？

5．这篇文章语言平实，感情深沉，读完本文，你有什么想对亲人说的话吗？请写下来。

参考答案：

1. 不矛盾。“窸窸窣窣”指声音很小，是妻子怕影响“我”写作悄悄起身，尽量不发出声响；“很大的动静”是因为夜深人静，一点点声响都会显得很清晰，“我”正在写作，这细小的声音在“我”耳里便显得尤其刺耳，表现了“我”烦躁的心情。

2. 人往往会因为逐渐习惯了亲人（或爱人）的付出而当成理所当然，忘记了感恩。比如父母对我们的精心呵护，我们都觉得很自然，却很少说一声谢谢。（意思达到即可）

3. 妻子的这杯茶凝聚着她对“我”的关心体贴，是她对“我”无尽的爱，而“我”对这份爱却早已习以为常，忘了感谢和陪伴。现在“我”终于明白，深感愧疚，所以结尾处决定丢下未写完的文章，陪伴妻子。

4. 同意，“一杯碧螺春”是全文叙事线索，条理清晰；同时也是“爱”的载体，暗示了文章的情感主旨。

不同意。“那一捧的温暖”更好：运用通感的修辞手法，生动优美，吸引读者的阅读兴趣；点明主旨，赞扬了妻子的爱就像那一杯茶一样让我温暖。

5. 略。

秋日金沙湖

①走近金沙湖的时候，我甚至来不及准备，来不及准备好游玩的心境，就如同一个衣衫褴褛的行者一头闯进了金碧辉煌的

宫殿。

②初秋的太阳已经很温存，但是空气中依然弥漫着燥热。一轮巨大的半圆式喷泉从地面激荡而起，四溅的水花仿若故黄河岸边盛开的白莲，迎接着我这个不知所措的初入者。而后，整齐划一的喷泉方阵，如同接受检阅的列兵，我从她的身旁走过，有一种莫名的骄傲和自豪。没有嬉戏，我庄严地注目着，两侧的铜雕却私下里笑了，笑得那样的坦荡，如毫无杂质的流水一样。缥缈的音乐声传入耳际，仿佛远处青黛色的墨染，在宣纸上涤荡开来，一直沁入心灵的最深处。

③隔栏远望，一片黄沙茫茫，一泓碧水静静地躺卧在中间，像一汪明眸清澈见底。想起一首歌："人们说的天空蓝，是我记忆中那团白云背后的蓝天，我望向你的脸，却只能看见一片虚无，是不是上帝在我眼前遮住了帘，忘了掀开……"而我看金沙湖，不是一片虚无，而是真真切切蓝天白云下的清波。沙山上显露出隐约的绿，甚至有些桀骜不驯的样子，昭示着这个秋天的最后一丝挣扎。风儿吹过，一片沙尘微微扬起，未到夕阳西下时，而我看大漠孤烟直的心绪始终飘荡在宁静的湖面。白鹭从水面掠过，翅膀击水，惊动一群鱼儿仓皇地四处散开，秋蝉的鸣声不绝于耳，湖面在秋阳里缓缓升起水汽，这是七仙女沐浴的温泉还是天堂缭绕的云烟？我不敢去仔细抚摸，唯有跌跌绊绊地迈进那泓水波，一头扎进去。婉约的金沙湖不改她柔美的情怀，面对我粗犷的擅入，笑得依然那样的甜美，脸上的波纹一圈一圈地漾开，很远很远。

④秋日的湖水已经有些微凉，脚底的细沙盘旋在每个毛孔间，凉彻肌肤。我不是个合格的泳者，故而我行走在金沙湖的水

中，行走在金沙湖水草柔美的水间，行走在金沙湖鸟影倒挂鱼翔浅底的水边，气氛刹那变得很静很静。孩子们也都屏住了呼吸，惬意地感受着这水带来的舒适。清净是属于他们的，我什么也没有。在这蓝天白云碧水间，我已经变得什么也不想，什么也不管，任内心的情愫飞扬在那一方天地，没有世俗的约束。

⑤来自苏北灌溉总渠的灵性，交替着故黄河数百年的沧桑，孕育了金沙湖的诞生。因此，她的面世便有了不落凡尘的空灵与妙曼。佛说：一花一世界。我看金沙湖，一水一世界。作别西天金光闪闪的云彩，我再次回眸凝视岸边袅娜的杨柳，娇人地扭动着。金沙湖，恍若前生今世约定的待嫁新娘，我不忍撩开那层面纱，唯有仔细品读！

1. 根据要求赏析下面两句话。

（1）沙山上显露出隐约的绿，甚至有些桀骜不驯的样子，昭示着这个秋天的最后一丝挣扎。（加点词有何含义？请赏析其表达效果）

（2）没有嬉戏，我庄严地注目着，两侧的铜雕却私下里笑了，笑得那样的坦荡，如毫无杂质的流水一样。（从修辞角度赏析其表达效果和作用）

2. 散文作品描写景物时，常交错运用不同的表现手法，请以文章第③段为例，试分析一下其表现手法及其作用。

3. 第④段画线句与前文哪一句照应？表达了作者怎样的情感？

4. 你曾经欣赏过哪里的美景？请模仿本文的写法，用优美的语言描绘一处景色。（至少运用两种不同的修辞手法）

参考答案：

1.（1）桀骜不驯，比喻傲慢，性情暴躁不驯顺，不服管教。这里运用拟人的修辞手法，形象地描写了沙山上的绿色并没有因为秋日的到来而枯萎，反而显得生机勃勃，表达作者的赞叹之情。（2）拟人，把铜雕拟人化，生动形象地描写了铜雕的坦荡神态，表现作者受其影响，心灵逐渐得到净化，不再为世俗的名利所累，为下文心无旁骛地欣赏金沙湖美景作铺垫。

2. 动静结合，静态的黄沙和水，动态的白璐；拟人和比喻手法的运用，形象生动地描写了金沙湖的美，表达作者的喜爱和赞美之情。

3. 与“我甚至来不及准备，来不及准备好游玩的心境”一句照应，表达了作者陶醉在金沙湖的湖光山色中，忘记了世俗的烦恼，心灵得到了净化，灵魂得到了放飞，表现出作者自由愉悦的心情。

4. 略。